KB161983

글쓰기와
메타포

# 글쓰기와
# 메타포

초판 1쇄 인쇄 · 2021년 11월 15일
초판 1쇄 발행 · 2021년 11월 22일

지은이 · 장은하
펴낸이 · 한봉숙
펴낸곳 · 푸른사상사

주간 · 맹문재 | 편집 · 지순이 | 교정 · 김수란, 노현정 | 마케팅 · 한정규
등록 · 1999년 7월 8일 제2-2876호
주소 · 경기도 파주시 회동길 337-16 푸른사상사
대표전화 · 031) 955-9111(2) | 팩시밀리 · 031) 955-9114
이메일 · prun21c@hanmail.net / prunsasang@naver.com
홈페이지 · http://www.prun21c.com

ISBN 979-11-308-1850-4   03800
값 18,000원

# 글쓰기와
# 메타포

장은하

Writing
and
Metaphor

푸른사상
PRUNSASANG

언어란 무엇인가? 인간은 언어의 구조 안에서 사고하고, 발화하고, 글을 쓰며 살아간다. 이런 점에서 언어는 우리 삶의 중요한 일부분이고, 원형이라고도 할 수 있다. 그렇다면 언어는 어떻게 정의되는 것이 타당하며, 언어라는 매개체를 이용하는 글쓰기는 독자에게 어떠한 과정을 거쳐서 전달되는 것이 합리적이라고 말할 수 있을까?

언어란 무엇인지 떠올려본다면, 대부분의 모국어 사용자는 언어를 의사소통의 도구로 보는 관점을 중요시하게 된다. 하지만 언어가 인간의 문명과 문화의 중요한 부분을 차지하며, 인간이 사고하는 과정에서 모국어라는 정신세계를 통하여 생각을 조직화하고 체계화시킨다고 할 때, 하나의 관점이 아닌 여러 가지 방향에서 언어를 정의할 수 있어야 한다. 이러한 열린 사고를 바탕으로 글쓰기를 해야 글쓴이가 나타내고자 하는 바를 독자에게 더 정확하게 전달할 수 있을 것이다.

이러한 언어관은 독일의 언어철학자 훔볼트와 바이스게르버에게서 찾을 수 있다. 그들의 연구는 언어를 화자와 청자 간의 의사소통 수단으로만 보는 정적인 측면만이 아니라 화자의 마음속에 존재하는 언어 자체의 창조적인 활동, 즉 동적인 부분에 초점을 맞추고 있다. 즉 화자는 모국어라는 프리즘을 통하여 객관세계를 바라보고 사고할 수 있으며, 이러한 부분은 어휘론, 조어론, 품사론, 통어론의 영역에까지 확대하여 적용할 수 있다는 것이다. 예를 들어 한국어의 형제 관계에 대한 명칭을 보자. 남성과 여성뿐만 아니라 위, 아래 상대적인 위치까지 고려하여 오빠, 누나, 형, 동생 등으로 세분되어 있다. 하지만 영어에서는 남성과 여성의 구분만 한다. 언어라는 생각의 틀을 통하여 화자의 생각을 상징화하고 구체화할 수 있음을 볼 때, 언어는 정적인 면만 있는 것이 아니라 생각을 확장할 수 있는 동적인 역할을 하고 있다.

그러므로 글쓰기는 언어의 형식적인 부분과 내용적인 부분이 조화를 이루어야 한다. 그래야 글의 완성도를 높일 수 있다. 글을 쓰려면 우선 형식적인 면에서 한글 맞춤법을 준수해야 하고,

단어의 선택과 문장의 구성, 단락의 구성, 단락과 단락 간의 유기성, 글의 주제에 맞는 제목 정하기 등으로 글쓰기의 과정을 구체화해야 한다. 내용적인 면을 살펴보면 어떠한 글을 쓰느냐에 따라 어떤 점을 중시해야 하는지가 달라지는데, 예컨대 창의적인 글쓰기, 학술적인 글쓰기, 설명을 필요로 하는 글쓰기에서 각각 글쓴이만의 관점과 근거를 드러낼 수 있어야 한다.

미디어의 발달과 기술의 발전에 의해 문명은 더 진일보하고 있다. 그 구성원으로 살아가는 사람들은 이제 전통적인 글쓰기만이 아니라 문자 메시지, SNS 등에 다양하게 생각을 담는다. 그런데 SNS에 많이 쓰이는 축약어, 비어, 신조어 등은 전달하고자 하는 바를 집약적으로 편리하게 전달할 수 있다는 장점도 있지만, 우리말 자체의 고유한 아름다움을 드러내주지는 못한다는 한계를 가지고 있다. 언어는 개인의 생각을 담는 틀이기도 하지만, 그 언어를 모국어로 사용하는 민족의 정신세계를 상징화시킬 수 있는 문화적 유전자라는 것을 잊어서는 안 된다.

이 책은 대학에서 글쓰기 교육과 한국어문학에 관해 강의를 해온 필자의 경험을 바탕으로 글쓰기를 처음 접하는 독자들의 이해를 돕기 위해 쓰였다. 이전에 출간했던『우리말 신체 명칭과 한국적 세계관』,『남북한 맞춤법과 한국어 어휘 연구』가 전문적인 지식을 바탕으로 한다면, 이 책은 대부분의 독자가 편안한 마음으로 읽을 수 있을 것이다. 또 이 책을 읽고 단순히 글쓰기의 기술을 습득하는 것만이 아니라, 언어에 대하여 새로운 관점을 가지기를 바라는 마음에서 쓰여졌다.

책을 준비하는 동안 여러 도움을 주신 은사님, 선행 연구자들, 부모님, 가족들에게 감사를 드린다. 그리고 이 책이 출판될 수 있도록 지원해주신 푸른사상사 한봉숙 대표님, 김수란 편집장님께 감사의 마음을 전한다. 그리고 마지막으로 부족한데도 늘 내 손을 붙잡아주시는 주님께 감사를 드린다.

2021년 11월
장은하

글쓰기와 메타포

# 제2부 창의적 글쓰기와 은유적 표현

# 제1부

# 글쓰기의 유형

# 제1장

# 서사, 묘사와 은유적 표현

이 책에서 말하는 은유(metaphor)는 수사법의 한 종류가 아니라, 저자가 글을 쓰고 독자가 글을 읽을 때 주어진 개념을 쉽게 이해할 수 있도록 하는 인지 과정의 하나이다. 조지 레이코프(George Lakoff)와 마크 존슨(Mark Johnson)은 이러한 관점에 기초하여 은유의 종류도 새롭게 구분한다. 구조적 은유(structural metaphor), 지향적 은유(orientational metaphor), 존재론적 은유(ontological metaphor)가 그것이다.[1]

구조적 은유는 A가 B의 관점에서 은유적으로 구조화되는 것이다. 예를 들어, 레이코프에 의하면 "논쟁은 전쟁(argument is

---

1  George Lakoff and Mark Johnson(1980), *Metaphors We Live By*, the university of Chicago, pp.3~19.

war)"이라는 문장은 '논쟁'은 '전쟁'의 관점에서 부분적으로 구조화되고 이해된다고 언급하고 있다.[2] 즉 ,전쟁에서 쓰이는 단어가 토론 현장에서도 그대로 쓰인다는 것이다. 이쪽 편과 저쪽 편이 대립하여 공격하고 반격한다는 점에서 논쟁과 전쟁이 구조적으로 부합하는 면이 있다.

또한 "내 마음은 호수요" 같은 표현도 '마음'이 '호수'의 관점에서 구조화된 것이다. 잔잔한 호수의 속성이 마음의 속성과 부합하는 면이 있기 때문에 구조적 은유가 성립된다. 저자가 구조적 은유를 선택하여 글을 쓰는 이유는 독자에게 전달하고자 하는 개념을 이해하기 쉽게 해주기 때문이다. 어떤 대상과 개념을 장황하게 설명하기보다는 은유적 표현을 써서 집약적으로 전달하는 것이 독자 중심의 글쓰기이다.

지향적 은유는 위/아래, 안/밖, 앞/뒤, 접촉/분리, 깊음/얕음, 중심/주변 등 공간적 지향성과 관련하여 개념들의 전체 체계를 조직하는 은유이다. 예를 들면 '사기가 올랐다', '의욕이 떨어졌다' 같은 표현이 지향적 은유이다. 위로 가는 것은 긍정적인 의미를 가지고, 아래로 내려가는 것은 부정적인 의미를 가진다.

---

2   George Lakoff and Mark Johnson(1980), *Metaphors We Live By*, the university of Chicago, p.4.

하지만 이는 모든 표현에 다 적용되는 것은 아니다. 예를 들어 "나는 사랑에 빠졌다"라는 표현 역시 아래로 내려가는 지향적 은유이지만, 내려간다고 해서 꼭 부정적 의미라고 볼 수만은 없다. 좋을 수도 있고 슬플 수도 있는 중의적 의미를 가진다는 점에서 지향적 은유이자 구조적 은유이기도 하다.

존재론적 은유는 개체를 의인화하여 바라보는 방식이다. 저자의 직간접적인 경험을 통해 나타내고자 하는 바를 물건이나 물질로서 상징화시킨다. 예를 들면 '코로나 바이러스와 싸워야 한다', '코로나 바이러스는 우리를 궁지에 몰아넣고 있다'와 같은 표현은 코로나 바이러스를 개체로 인식하는 존재론적 은유이다. 글쓴이는 존재론적 은유를 통하여 전달하고자 하는 바를 독자에게 더 쉽게 전달할 수 있다.

이 장에서는 이러한 은유적 관점에 기초하여 글쓰기의 유형 중 서사와 묘사에 대하여 살펴보고자 한다. 서사와 묘사는 문학적인 글뿐만 아니라 자기소개서, 광고문, 시, 노래 가사, 기행문, 감상문 등 일상적인 글에도 자주 사용되는 글쓰기 유형이다.

서사(敍事, narration)는 시간의 흐름을 바탕으로 어떤 사건이나 대상에 대하여 설명하는 것으로 인물 서사와 사건 서사로 나누어진다. 묘사(描寫, description)는 시각·후각·미각 등 감각기관에 의존하여 서술하는 객관적 묘사와 글쓴이가 느끼는 감정을 상징화시켜 표현하는 주관적 묘사가 있다.

인상적인 글쓰기를 하기 위해서는 객관적인 묘사뿐만 아니라 글쓴이만의 감정을 변별화할 수 있는 주관적 묘사를 잘 활용해야 한다. 그렇게 하기 위해서는 단어 선택에 있어서도 감정을 잘 드러낼 수 있는 단어가 무엇인지 고민해야 하고, 그러한 단어 선택을 바탕으로 문장을 구성하고 단락을 연결시킬 수 있어야 한다. 또한 단락과 단락 간의 관계에 있어서도 통일성과 유기성이 전제되어야 한다.

예를 들어 '신체'와 '육체', '몸'이 뜻은 같은데 형태가 다른 동의어 관계라고 생각할 수도 있지만, 세 단어 사이에는 미세한 의미 차이가 있다. 어떠한 문맥에서 자주 사용되는지, 대립어는 무엇인지 등을 알아보면 단어의 변별적 의미를 알 수 있다. '건강한 몸에 건강한 정신'이라는 표현보다는 '건강한 신체에 건강한 정신'이라는 표현이 자연스럽고, '신체와 영혼'이라는 표현보다는 '육체와 영혼'이라는 표현이 자연스럽다. 그러니 '육체'는 물리적인 면에 더 초점이 맞추어져 있고, '신체'는 정신의 대립어로서 사용되는 것이라고 추측할 수 있다. 이렇게 같은 대상을 지칭하는 단어라도 미세한 차이가 있으므로 엄밀한 의미에서 동의어라고 할 수 없다.

이처럼 동일한 대상을 가리키는 단어라도 어떠한 부분에 초점을 맞추느냐에 따라 의미가 달라진다. 단어 선택은 좋은 문장을 구성하기 위해 첫 단추를 끼우는 것과 같다. 그러므로 글쓴이는 단어 선택을 바탕으로 문장을 구성하고 글의 독창성을 드러낼 수 있어야 한다.

　기행문과 같은 서사 위주의 글쓰기에서도 묘사가 적절하게 표현될 수 있어야 하며, 시와 같은 묘사 위주의 글쓰기에서도 글쓴이가 전달하려는 바를 이야기의 흐름, 즉 서사구조에 바탕하여 전달할 수 있어야 한다. 또한 서사구조가 중심을 이루는 글을 쓸 때 단락과 단락 간의 연결이 유기적으로 연결되기 위해서는 서사와 함께 묘사도 중요한 부분이다. 시, 소설과 같은 창의적 글쓰기에서는 주관적 묘사에 기초하여 은유적인 표현을 상징화할 수 있다. 구체적인 예를 살펴보면 다음과 같다.

　　산골의 가을은 왜 이리 고적할까! 앞뒤 울타리에서 부수수 하고 떨잎은 진다. 바로 그것이 귀밑에서 들리는 듯 나직나직 속삭인다. 더욱 몹쓸 건 물소리, 골을 휘돌아 맑은 샘은 흘러내리고 야릇하게도 음률을 읊는다.
　　퐁! 퐁! 퐁! 쪼록 퐁!
　　바깥에서 신발 소리가 자작자작 들린다. 귀가 번쩍 띄어 그는 방문을 가볍게 열어젖힌다. 머리를 내밀며,

"덕돌이냐?"

하고 반겼으나 잠잠하다. 앞뜰 건너편 수퐁을 감돌아 싸늘한 바람이 낙엽을 훌뿌리며 얼굴에 부딪친다.

용마루가 쌩쌩 운다. 모진 바람 소리에 놀라 멀리서 밤개가 요란히 짖는다.[3]

위의 글은 시간의 흐름, 즉 서사의 흐름에 바탕하여 사건을 전개하고 있지만, 가을에 산골에서 느끼는 주인공의 감정을 "앞뒤 울타리에서 부수수 하고 떨잎은 진다.", "바로 그것이 귀밑에서 들리는 듯 나직나직 속삭인다."와 같은 표현을 통하여 주관적 묘사와 객관적 묘사를 구체화하고 있다. 그 외에도 "더욱 몹쓸 건 물소리, 골을 휘돌아 맑은 샘은 흘러내리고 야릇하게도 음률을 읊는다."와 같은 은유적 표현은 물소리를 개체로 인식하는 존재론적 은유이다. 그리고 "용마루가 쌩쌩 운다, 모진 바람 소리에 놀라 멀리서 밤 개가 요란히 짖는다."와 같은 은유적 표현도 '용마루', '바람'을 개체로 인식하는 존재론적 은유이다.

서사와 묘사를 사용한 다른 예를 살펴보면 다음과 같다.

---

3  김유정, 「산골나그네」, 『소낙비·땡볕 외』, 푸른생각, 2016, 15~16쪽.

글쓰기와 메타포

이청준의 소설「눈길」(2007)에서는 눈길에서 일어난 사건을 시간의 흐름에 따라 서술하고 있을 뿐만 아니라, 어머니가 떠나가는 자식에게 느끼는 애틋하고 외로운 감정을, 차가운 겨울 속 눈길 위에 찍힌 아들의 '발자국'을 통하여 묘사하고 있다.

책의 내용에 보면 "눈길을 혼자 돌아가다 보니 그 길엔 아직도 우리 둘 말고는 아무도 지나간 사람이 없지 않았겠냐."라고 서술하면서 어머니가 "눈발 그친 그 큰길 눈 위에 저하고 나하고 둘이 걸어온 발자국만 나란히 이어져 있더구나."[4]라고 대화한 부분은 단어 자체의 의미보다는 문장에 내재된 구조적 은유가 엿보인다. 추운 겨울에 아들을 멀리 떠나 보냈지만 혼자 돌아오는 길에도 아들의 발자국을 보며 어머니는 아들과 동행하고 있었으며, 그렇게라도 함께하고 싶은 마음이 은유적 표현으로 상징화되었다. 이 글에서 어머니의 사랑과 외로움은 '발자국'이라는 관점에서 은유적으로 구조화되었다.

은유는 수사법의 하나라고 볼 수도 있지만, 우리가 사고하고 그 생각을 활성화할 수 있는 인지적 구조물이라고 볼 수 있다. 서사와 묘사 표현에서 은유적인 표현과 상징성을 드러낼 수 있는 단어 선택은 글의 독창성을 드러낼 수 있는 중요한 부분이다.

---

4  이청준,『눈길』, 휴이넘, 2007, 56쪽.

서사와 묘사가 드러난 다른 예를 살펴보면 다음과 같다. 신경숙의 소설 『외딴방』[5]에서는 여주인공이 처한 상황과 현실을 '외딴 방'이라는 상징적인 표현을 통하여 묘사하고 있다. 책의 내용에 보면 "열여섯의 나, 외딴방에 들어서서 창을 연다."라는 문장과 "외사촌과 열여섯의 나, 외딴방을 쓸고 닦는다."와 같은 문장은 독자에게 반복적으로 제시되는 '외딴방'의 의미에 대하여 물음표를 던질 수 있게 한다. 그리고 "찬장 받침대로 썼을 듯싶은 붉은 벽돌조각을 집어내고 다락 속의 흩어진 휴지, 팽개쳐진 낡은 석유곤로들을 들어낸다."와 같은 표현은 "붉은 벽돌조각", "흩어진 휴지", "팽개쳐진 낡은 석유곤로" 등 일상생활 속에서 자연스럽게 접하는 단어를 연결함으로써 작가가 드러내고자 하는 상황과 현실을 묘사하고 있다.

또한 이러한 의식의 흐름은 '외딴 방'이라는 책의 제목과 연결되어 전체 글의 주제를 프레임으로 형성하여 전달하고, 작가가 전달하고자 하는 바를 '외딴 방'이라는 의식의 구조물에 빗대어 은유적으로 표현하고 있다. '방'에서 느끼는 주인공의 미세한 감정과 외로움을 변별화시켜서 '외딴 방'이라고 표현하는 것은 구조적 은유이다. '방'의 의미를 '외딴 방'의 의미로 확장시

---

5  신경숙, 『외딴방』, 문학동네, 2014, 50쪽.

켰다는 점에서 저자의 개인 상징이 드러난다. 누구에게나 '외딴 방'은 있을 수 있으며, '외딴 방'의 의미는 책을 읽는 독자에게 다른 의미로 해석될 수 있다.

또 다른 예를 살펴보면 다음과 같다. 박완서의 소설 「참을 수 없는 비밀」[6]에 제시된 "흐린 물에 먹물을 풀어놓은 것 같은 하늘과 바다가 맞닿아 수평선은 보이지 않았다."와 같은 문장과 "수평선이 있음직한 데보다 훨씬 높은 곳의 하늘이 별안간 시뻘겋고 길게 찢어졌다."와 같은 표현은 작가가 느끼는 바닷가의 모습과 특징을 그림 그리듯이 묘사하고 있다. 이 부분은 하늘을 개체로 인식하는 존재론적 은유이다.

또 이어지는 "금세 핏방울이 뚝뚝 떨어질 듯 싱싱한 생채기일 뿐이어서 희부연 새벽을 몰아내는 데는 전혀 도움이 되지 않았다."라는 표현은 앞 문장의 "흐린 물", "먹물", "시뻘겋고 길게 찢어졌다", "핏방울이 뚝뚝 떨어질 듯", "희부연 새벽" 같은 문장과 연결되어서 주인공의 외로움과 쓸쓸함을 바닷가 풍경에 간접적으로 반영하고 있는 구조적 은유이다. 이 글에 드러난 외로움은 이청준의 「눈길」에서 제시된 어머니가 느끼는 외로움, 신경숙의 「외딴 방」에서 제시된 주인공이 느끼는 외로움

---

6  박완서, 「참을 수 없는 비밀」, 『너무도 쓸쓸한 당신』, 창비, 1998, 92쪽.

과는 다른 상징성을 가진다.

　글을 읽을 때 글쓴이가 전달하고자 하는 바를 파악하기 위해서는 문장 안에 선택된 단어의 상징성이 무엇이고, 선택된 단어와 문장, 단락이 전체 글의 주제에 어떻게 연결되는지 생각해볼 수 있어야 한다. 그리고 제목은 글의 전체적인 내용을 집약적으로 나타낸 것으로서, 은유적인 표현으로 명시되는 경우가 많은데, 제목에서도 글의 전체 주제를 파악할 수 있어야 한다.

　기사문의 제목, 드라마의 제목, 영화의 제목에서도 글쓴이가 전달하고자 하는 주제가 짧은 문장 안에 잘 담겨 있다. 같은 소재를 가지고 영화나 드라마로 제작하더라도 작가가 어떠한 부분에 초점을 맞추었느냐에 따라 영화와 드라마의 전개가 달라진다. 그러므로 글쓴이는 이러한 점을 염두에 두고 독자가 쉽게 파악할 수 있도록 프레임을 구성하고 은유적으로 표현할 수 있어야 한다.

　또 다른 예인 김춘수의 시「꽃」[7]을 생각해보자. "내가 그의 이름을 불러주기 전에는 그는 다만 하나의 몸짓에 지나지 않았다", 라는 표현과 "내가 그의 이름을 불러주었을 때 그는 나에

---

7　원출처 :『현대문학』9호, 1955년 9월 ; 현상길 엮음,『중 · 고생이 꼭 읽어야 할 한국현대 詩 108』, 풀잎, 2020, 170쪽.

게로 와서 꽃이 되었다" 그리고 "잊혀지지 않는 하나의 눈짓이 되고 싶다"와 같은 표현은 시인만이 제시할 수 있는 꽃의 상징성을 드러내고 있다. 즉, 사랑하는 사람을 꽃이라는 구조물로 바라보고 있다. 이러한 과정은 구조적 은유, 존재론적 은유로 파악할 수 있으며, 독자는 그 상징성을 다양한 의미로 재해석할 수 있다. 여러분들의 '꽃'은 무엇이고, '잊혀지지 않는 눈짓'은 무엇인지 생각해볼 문제이다.

유치환의 「깃발」[8]은 어떤가. 이 시에서 시인이 전달하고자 하는 주제는 무엇이며, 그 주제는 어떠한 은유적 표현으로 상징화되고 있을까? 시인은 "이것은 소리 없는 아우성", "저 푸른 해원(海原)을 향하여 흔드는 영원한 노스텔지어의 손수건"과 같은 은유적 표현을 통하여 "깃발"의 의미를 차별화시키고 있다.

"영원한 노스텔지어의 손수건"은 깃발을 손수건이라는 개념 구조에 빗대어 표현하는 것이며, "애수는 백로처럼 날개를 펴다", "이렇게 슬프고도 애닯은 마음을 맨 처음 공중에 달 줄을 안 그는"과 같은 표현은 주관적 묘사를 바탕으로 하여 '애수'라는 감정을 존재론적 은유로 표현하는 것이다.

---

8　원출처 : 『조선문단』 1936년 1월 ; 현상길 엮음, 『중·고생이 꼭 읽어야 할 한국현대 詩 108』, 풀잎, 2020, 356쪽.

'깃발'이라는 주제로 시를 쓴다고 가정해보자. 개인이 떠올리는 심상이 다르기 때문에 깃발의 상징성도 달라질 것이다. 이러한 부분을 은유적으로 잘 표현할 수 있을 때 글의 독창성을 드러낼 수 있다. 당신의 '깃발'은 무엇이고, 어떻게 상징화시킬 수 있을지 생각해볼 문제이다.

적용하기

1. 당신의 '꽃'은 무엇이고 '잊혀지지 않는 눈짓'은 무엇인지 서사, 묘사
   표현으로 서술하세요.

2. 당신의 '깃발'은 무엇이고, 어떻게 상징화시킬 수 있을지 서사, 묘사 표현으로 서술하세요.

글쓰기와 메타포

# 제2장

# 비교, 대조와 은유적 표현

비교와 대조는 둘 이상의 대상을 두고 글쓴이만이 생각할 수 있는 기준에 따라 같은 점은 무엇이고, 다른 점은 무엇인지 설명하는 글쓰기 방식이다. 유사점을 강조하는 것이 비교이고, 차이점을 강조하는 것이 대조이다. 글쓴이는 비교와 대조에 의해 표현하고자 하는 개념과 대상의 본질을 더 쉽게 독자에게 전달할 수 있다.

비교와 대조는 글쓰기 기술이기도 하지만 대상을 바라보는 방법이기도 하며, 정의, 구분, 분류, 논증 같은 유형의 글쓰기에도 활용할 수 있다. 인간은 지각하고 사고하는 과정을 통해 표현하고자 하는 대상을 범주화하고, 다른 사물과 비교, 대조하며, 범주화의 경계를 확장, 축소시키기도 한다.

예를 들어보자. 아파트와 개인주택을 비교, 대조하는 글을 쓸 때, 대부분은 정원 유무, 형태, 건물의 높이, 가족 밀집도, 난방 방식 등을 기준으로 삼아 글을 쓴다. 하지만 이러한 비교, 대조 방식은 아파트와 개인주택의 외적인 부분만 비교하는 것으로, 글의 독창성을 드러내는 데 한계가 있다.

우선 누구나 제시할 수 있는 기준이 아닌 자기만의 기준을 정하는 것이 글의 독창성을 드러내기 쉽다. 아파트와 개인주택의 공간적 특징과 내적인 깊이 등을 기준으로 정한다면 더 참신한 글이 될 것이다. 왜냐하면 집은 주거공간이기도 하지만 편안하게 쉴 수 있고, 사색할 수 있으며, 가족들이 있는 특별한 공간이기 때문이다. 이때 집을 구성하고 있는 내적 · 외적 특성과 인간의 공통점을 추출하여 구조적 은유로 표현할 수도 있을 것이다.

이렇게 글쓴이만이 제시할 수 있는 비교, 대조의 기준이 있으면 표현하고자 하는 대상의 본질에 더 깊이 다가갈 수 있으며, 다른 글과의 차별성을 드러낼 수 있다. 그리고 작가만의 상징성이 담긴 은유적 표현을 통하여 글의 독창성이 나타난다. 이때 한 가지보다는 여러 가지 기준을 제시하고, 그것을 독자에게 친숙한 개념과 관련 지어 비교, 대조하면 독자가 더욱 쉽게 이해할 수 있다.

글의 독창성은 자료, 방법, 결론의 관점에 달려 있다고 볼 때, 같은 자료를 가지고도 글쓴이가 사물을 바라보는 새로운 방법과 해석으로 다른 글과의 차별성을 드러낼 수 있다. 이때 중요한 역할을 하는 것이 은유적 표현이다.

만약에 〈해리 포터〉와 〈아바타〉를 비교, 대조하는 글을 써야 한다면 어떠한 기준점을 제시하는 것이 좋을까? 영화의 장르라든지 관람객 수, 등장인물 등을 기준으로 비교, 대조하는 글을 쓸 수도 있다. 하지만 위의 기준보다는 감독이 영화를 통하여 나타내고자 하는 주제의식, 몰입을 극대화시키는 카메라 기법, 배경음악의 특징과 주제의 연관성 등을 기준으로 제시하고 비교, 대조를 하는 것이 글쓴이만의 생각의 흐름을 더 잘 드러낼 수 있다. 이러한 과정을 통하여 독자는 〈해리 포터〉와 〈아바타〉라는 영화의 제목이 주는 상징성을 구조적 은유로서 파악하고 이해할 수 있을 것이다. 영화를 본 관객이라면 남녀노소 할 것 없이 누구나 마음속에 상징화시킬 수 있는 〈해리 포터〉가 있고, 〈아바타〉가 있기 때문이다.

〈해리 포터〉와 〈아바타〉 비교 1

|  | 해리 포터 | 아바타 |
| --- | --- | --- |
| 장르 |  |  |
| 등장인물 |  |  |
| 관객 수 |  |  |

〈해리 포터〉와 〈아바타〉 비교 2

|  | 해리 포터 | 아바타 |
| --- | --- | --- |
| 감독의 주제의식 |  |  |
| 카메라 기법의 다양성 |  |  |
| 배경음악과 주제의 연관성 |  |  |

또 다른 예를 들어보자. '나이키'와 '아디다스'라는 두 가지 브랜드를 비교, 대조하는 글을 써야 한다면, 어떻게 서술해야 다른 글과 차별화된 글을 쓸 수 있을까? 〈해리 포터〉와 〈아바타〉를 비교, 대조하는 것과 마찬가지로 글쓴이만의 기준점과 해석이 필요하다. 이는 글의 독창성과 관련된다. 나이키와 아디다스의 광고 문구를 기준으로 삼아 비교, 대조할 수도 있을 것이고, 각 브랜드의 기원과 이미지가 어떠한 연관성을 가지고 있느냐를 가지고 글을 풀어갈 수도 있을 것이다.

글쓰기와 메타포

나이키와 아디다스 비교 1

|  | 나이키 | 아디다스 |
| --- | --- | --- |
| 하위 브랜드의 종류 |  |  |
| 기원 |  |  |
| 매출 |  |  |
| 브랜드 순위 |  |  |

나이키와 아디다스 비교 2

|  | 나이키 | 아디다스 |
| --- | --- | --- |
| 브랜드의 기원과 특징 |  |  |
| 마케팅과 광고 문구의 특징 |  |  |
| 연령별로 제시된 매출 양상 |  |  |
| 브랜드 순위와 매출 연관성 |  |  |

또 다른 예를 들어보자. '맨체스터 유나이티드'와 'FC 바르셀로나' 두 축구팀을 비교, 대조하는 글을 쓴다고 해보자. 두 팀의 기원, 감독의 특징, 자산, 선수들의 특징 등을 가지고 비교, 대조할 수도 있겠지만, 팀의 기원과 구단의 특징, 감독에 따른 선수 운영 방식과 특징, 팀의 재정과 자산 운영 방식, 유소년 팀의 유무와 선수들의 특징 등 좀 더 다양하고 심층적인 기준을 가지고 비교, 대조하는 것이 글의 차별성을 잘 드러낼 수 있다.

맨체스터 유나이티드와 FC 바르셀로나 비교 1

| | 맨체스터 유나이티드 | FC 바르셀로나 |
|---|---|---|
| 팀의 기원 | | |
| 감독의 특징 | | |
| 자산 | | |
| 선수들의 특징 | | |

맨체스터 유나이티드와 FC 바르셀로나 비교 2

| | 맨체스터 유나이티드 | FC 바르셀로나 |
|---|---|---|
| 팀의 기원과 구단의 특징 | | |
| 감독에 따른 선수 운영 방식과 특징 | | |
| 팀의 재정와 자산 운영 방식 | | |
| 유소년 팀의 유무와 선수들의 특징 | | |

　글쓰기와 메타포

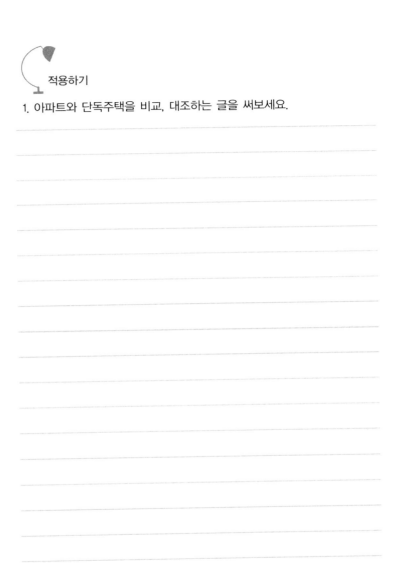

적용하기

1. 아파트와 단독주택을 비교, 대조하는 글을 써보세요.

2. 〈해리 포터〉와 〈아바타〉를 비교, 대조하는 글을 써보세요.

글쓰기와 메타포

3. 맨체스터 유나이티드와 FC 바로셀로나를 비교, 대조하는 글을 써보
   세요.

글쓰기와 메타포

# 제3장

# 분류, 구분과 은유적 표현

  분류와 구분은 둘 이상의 대상을 어떤 기준에 따라 나누어 설명하는 방식이다. 상위 개념에서 하위 개념으로 나누어가며 설명하는 것이 구분이고, 반대로 하위 개념에서 상위 개념으로 나누어가며 설명하는 방식이 분류이다.

  분류와 구분은 사물을 조직화하고 질서를 부여하는 것으로, 글을 쓰는 방식이라고 하기 전에 생각하는 방식이라고 볼 수 있다. 예를 들어 학문의 분류를 생각해보자. 각각의 학문에 개별적으로 접근하기보다는 먼저 인문학과 사회과학과 자연과학이라는 큰 테두리를 생각하고, 인문과학의 테두리 안에서 국어국문학, 영어영문학, 독어독문학, 중어중문학 등의 학문을 이해하고, 사회과학의 테두리 안에서 경영학, 경제학, 통계학, 사회학, 행정학 등의 학문을 이해하며, 자연과학의 테두리 안에서 수학, 화학, 전자공학, 생물학 등의 학문을 이해하면 각각의 학문을 더 깊이 이해할 수 있다. 학문 간의 융합 연구를 할 때에도 이러한 방식을 적용하면 더 체계적으로 다가갈 수 있을 것이다.

인간이 사물과 개념을 인지하는 방식은 사물을 범주화하고, 범주화의 경계를 허물어 확장, 축소시키는 것이다. 분류, 구분하는 과정은 범주화하는 과정이며, 범주화할 때 제시할 수 있는 기준은 인지 과정의 한 부분이다. 이때 은유적 표현을 통하여 글의 독창성을 드러낼 수 있다.

> 인문학 : 국어국문학, 영어영문학, 중어중문학, 독어독
> 문학 등
> 사회과학 : 사회학, 행정학, 경영학, 경제학, 법학 등
> 자연과학 : 수학, 화학, 전자공학, 기계공학, 식품생명
> 공학 등

또 다른 예를 들어보자. 대학생들의 고민에 대해 글을 쓸 경우, 학년을 기준으로 구분할 수 있다. 1학년 때의 고민, 2학년 때의 고민, 3학년 때의 고민, 4학년 때의 고민으로 글을 쓸 수도 있다. 하지만 누구나 제시할 수 있는 객관적인 기준으로 구

글쓰기와 메타포

분, 분류하기보다는 글쓴이만의 기준을 제시하고 해석해야 글의 차별성을 나타낼 수 있다. 일례로 대학생들의 고민을 내적인 고민과 외적인 고민으로 구분한 뒤, 인간관계에 얽힌 고민, 연애 문제로 인한 고민, 정체성에 대한 고민 등을 내적인 고민으로 분류하고, 진로 문제나 진학 문제로 인한 고민 등을 외적인 고민으로 분류해서 글을 쓸 수 있을 것이다.

그리고 지금까지 읽었던 책의 종류를 분류, 구분해야 한다고 생각해보자. 장르에 따라 분류하는 것은 누구나 생각할 수 있는 기준이다. 남들과 다른 나만의 기준과 해석이 필요하다. 내 인생관에 밑거름이 된 책들, 재미와 감동을 준 책들, 진로를 결정하는 데 도움이 된 전공도서 등, 글쓴이만의 기준을 세워 분류, 구분한다면 독창적인 글을 쓰는 데 유리하다.

또 신체 명칭에 대해 글을 써야 한다면 어떤 방식으로 해야 글쓴이의 의도를 잘 드러내고 독자들이 잘 이해할 수 있을까? 우선 개별 신체를 가리키는 단어가 매우 많기 때문에 구분, 분류해서 체계화시킬 필요가 있다. 하지만 그냥 나열하기보다는 글쓴이만의 기준을 제시하여 구분, 분류하는 것이 중요하다. 왜냐하면 개체의 의미는 전체 구조 안에서 더 잘 이해될 수 있기 때문이다. 장은하(2017)에 제시된 신체 명칭을 구분, 분류한 예를 살펴보면 다음과 같다.

우선 내부와 외부로 나누고, 외부는 전체와 부위로 나누어 구분, 분류한다. 전체는 '상태'와 '인식 방식'과 '성질', 그리고 '주체'라는 기준에 의하여 구분, 분류할 수 있다. 이러한 방식은 머리 명칭, 얼굴 명칭, 눈 명칭, 코 명칭, 입 명칭, 목 명칭, 몸통 명칭, 어깨, 가슴, 복부 명칭, 팔다리 명칭, 팔 명칭, 다리 명칭 등에도 공통적으로 적용된다. 귀납적으로 살펴본 결과지만 이러한 한국어의 신체 명칭을 통하여 한국인의 세계관에 대하여 체계적으로 생각해볼 수 있다.

특히 한국어 신체 명칭을 '인식 방식'의 관점에서 구분, 분류할 때 높임과 낮춤의 특성이 많은 것은 서열을 중요시하는 한국인의 정신세계가 반영된 것으로 보인다. '손가락'의 경우 다섯 손가락 각각의 명칭이 다양하게 나타남에 반하여, 발가락 명칭은 두 번째 발가락과 네 번째 발가락을 가리키는 명칭이 없다는 것도 눈길을 끈다. 또 손가락을 몇 개씩 묶어서 표현하는 '삼지(三指)', '오지(五指)'와 같은 낱말이 있다는 점에서 짝수보다는 홀수를 우선시하는 한국인의 의식구조를 엿볼 수 있다.

신체 명칭의 전체 구조와 〈머리〉 명칭, 〈손가락〉 명칭을 구분, 분류한 것을 도표화하면 다음과 같다.

글쓰기와 메타포

[그림 1] 〈신체〉 명칭의 기본구조

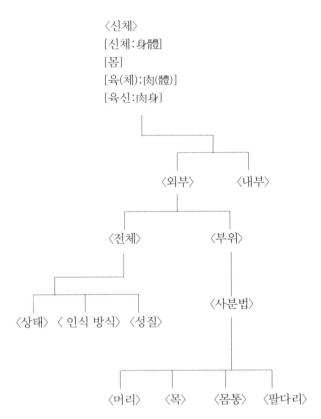

〈신체〉
[신체:身體]
[몸]
[육(체):肉(體)]
[육신:肉身]

〈외부〉 〈내부〉

〈전체〉 〈부위〉

〈상태〉 〈 인식 방식〉 〈성질〉

〈사분법〉

〈머리〉 〈목〉 〈몸통〉 〈팔다리〉

[그림 2] 〈상태〉 중심의 분절구조 (1)

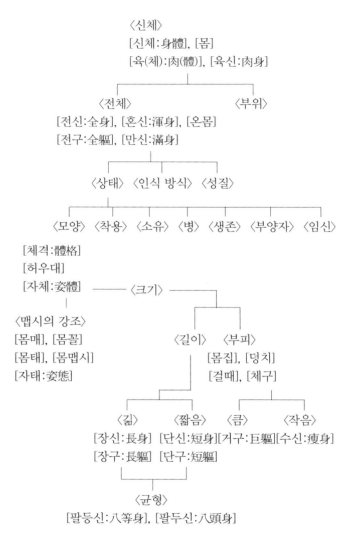

〈신체〉
[신체:身體], [몸]
[육(체):肉(體)], [육신:肉身]

〈전체〉                    〈부위〉
[전신:全身], [혼신:渾身], [온몸]
[전구:全軀], [만신:滿身]

〈상태〉〈인식 방식〉〈성질〉

〈모양〉 〈착용〉 〈소유〉 〈병〉 〈생존〉 〈부양자〉 〈임신〉

[체격:體格]
[허우대]
[자체:姿體] ——— 〈크기〉
  |
〈맵시의 강조〉
[몸매], [몸꼴]                〈길이〉 〈부피〉
[몸태], [몸맵시]              [몸집], [덩치]
[자태:姿態]                   [걸때], [체구]

〈긺〉    〈짧음〉   〈큼〉    〈작음〉
[장신:長身] [단신:短身][거구:巨軀][수신:瘦身]
[장구:長軀] [단구:短軀]

〈균형〉
[팔등신:八等身], [팔두신:八頭身]

글쓰기와 메타포

[그림 3] 〈상태〉 중심의 분절구조 ⑵

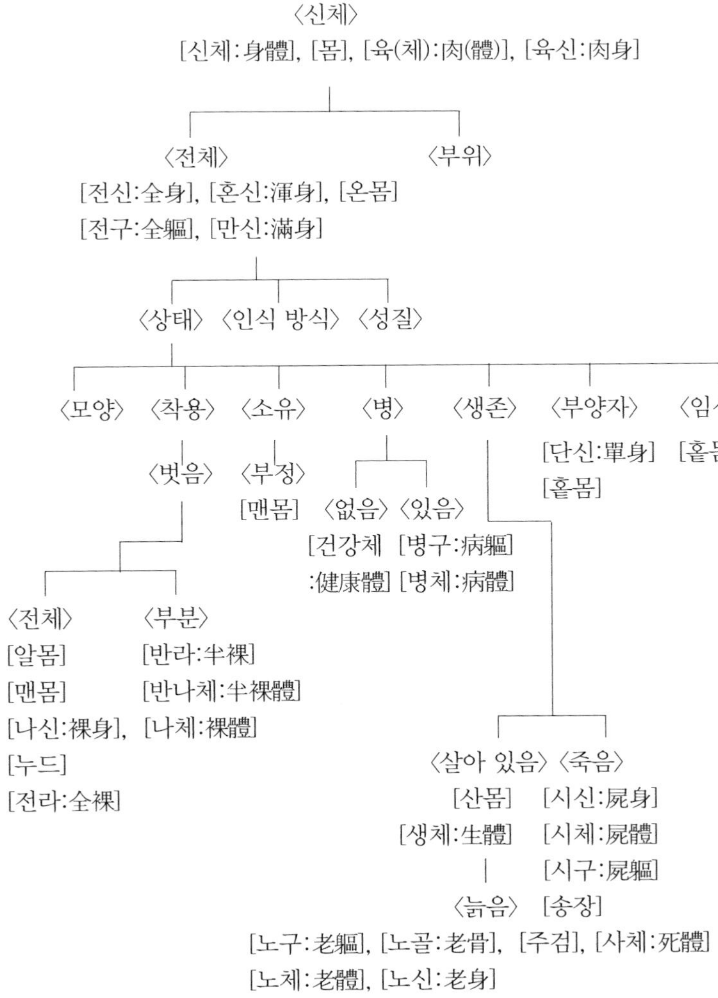

〈신체〉
[신체:身體], [몸], [육(체):肉(體)], [육신:肉身]

〈전체〉
[전신:全身], [혼신:渾身], [온몸]
[전구:全軀], [만신:滿身]

〈부위〉

〈상태〉〈인식 방식〉〈성질〉

〈모양〉 〈착용〉 〈소유〉 〈병〉 〈생존〉 〈부양자〉 〈임신〉

〈벗음〉 〈부정〉
[맨몸]

〈없음〉〈있음〉

[건강체 [병구:病軀
:健康體] [병체:病體]

[단신:單身] [홀몸]
[홀몸]

〈전체〉 〈부분〉
[알몸] [반라:半裸]
[맨몸] [반나체:半裸體]
[나신:裸身], [나체:裸體]
[누드]
[전라:全裸]

〈살아 있음〉〈죽음〉
[산몸] [시신:屍身]
[생체:生體] [시체:屍體]
| [시구:屍軀]
〈늙음〉 [송장]
[노구:老軀], [노골:老骨], [주검], [사체:死體]
[노체:老體], [노신:老身]

제3장 분류, 구분과 은유적 표현

## [그림 4] 〈인식 방식〉 중심의 분절구조

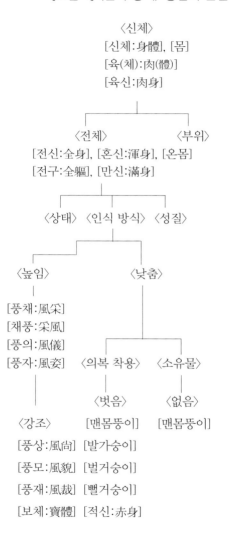

〈신체〉
[신체:身體], [몸]
[육(체):[肉(體)]
[육신:肉身]

〈전체〉　　　　　〈부위〉
[전신:全身], [혼신:渾身], [온몸]
[전구:全軀], [만신:滿身]

〈상태〉〈인식 방식〉〈성질〉

〈높임〉　　　　　　〈낮춤〉

[풍채:風采]
[채풍:采風]
[풍의:風儀]
[풍자:風姿]　　〈의복 착용〉　　〈소유물〉

　　　　　　　　　〈벗음〉　　　　〈없음〉

〈강조〉　　　[맨몸뚱이]　　[맨몸뚱이]

[풍상:風尙]　[발가숭이]

[풍모:風貌]　[벌거숭이]

[풍재:風裁]　[뻘거숭이]

[보체:寶體]　[적신:赤身]

[그림 5] 〈성질〉 중심의 분절구조

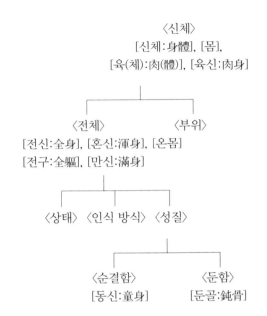

〈신체〉
[신체:身體], [몸],
[육(체):肉(體)], [육신:肉身]

〈전체〉                    〈부위〉
[전신:全身], [혼신:渾身], [온몸]
[전구:全軀], [만신:滿身]

〈상태〉 〈인식 방식〉 〈성질〉

〈순결함〉                    〈둔함〉
[동신:童身]                [둔골:鈍骨]

[그림 6] 〈머리〉 명칭 기본구조

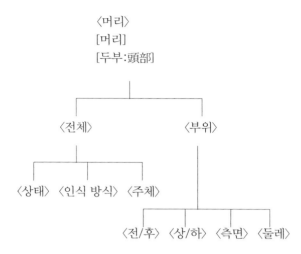

글쓰기와 메타포

[그림 7] 〈상태〉 분절구조

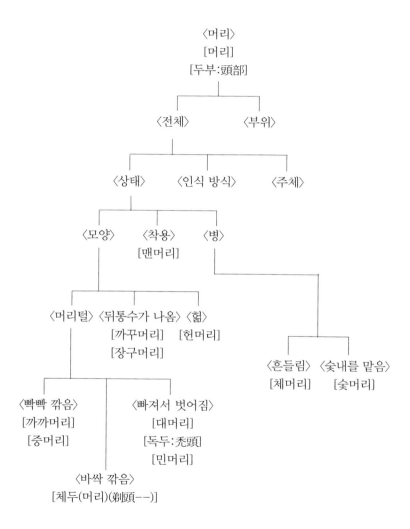

[그림 8] 〈인식 방식〉 분절구조

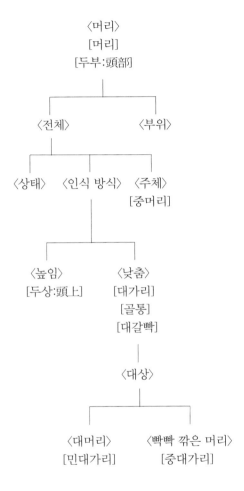

글쓰기와 메타포

[그림 9] ⟨앞머리⟩, ⟨뒷머리⟩ 명칭 분절구조

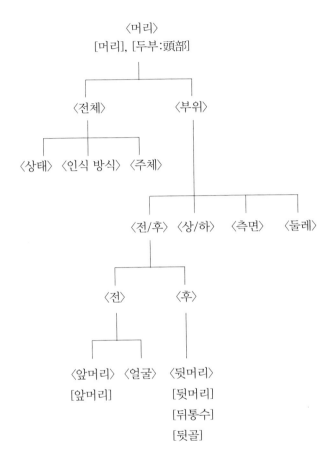

[그림 10] 〈손가락〉 명칭 분절구조 (1)

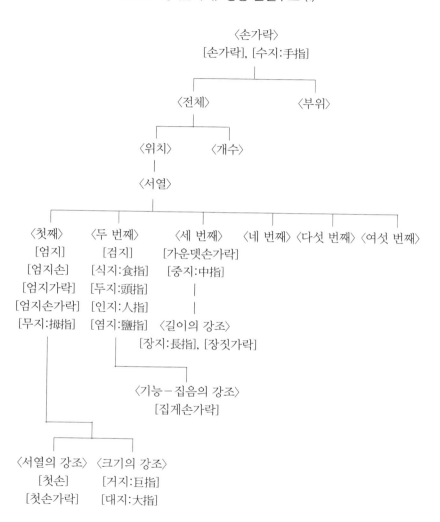

글쓰기와 메타포

[그림 11] 〈손가락〉 명칭 분절구조 ⑵

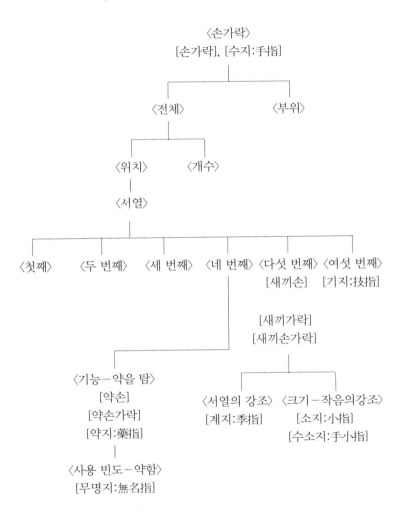

[그림 12] 〈손가락〉 명칭의 분절구조 (3)

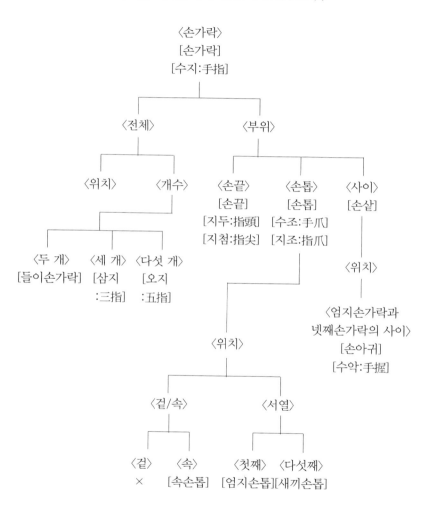

글쓰기와 메타포

적용하기

1. 지금까지 보았던 영화를 구분, 분류하는 글을 써보세요.

2. 지금까지 읽었던 책을 구분, 분류하는 글을 써보세요.

글쓰기와 메타포

# 제4장

# 정의와 은유적 표현

'정의'는 어떠한 개념을 해석하고 설명하는 글쓰기의 유형이다. 개념을 정의할 때 사전적 서술도 필요하지만, 그것만으로는 충분치 않은 경우가 많다. 왜냐하면 글쓴이가 전달하고자 하는 바의 상징적 의미를 독자가 이해할 수 있어야 하기 때문이다.

그러므로 사전적 정의 외에 전달하고자 하는 의미를 확대할 필요가 있다. 어떠한 대상을 설명하기 위해서는 정의뿐만 아니라 서사, 묘사, 비교, 대조, 분류, 구분 등 여러 가지 글쓰기 유형을 필요에 따라 잘 선택할 수 있어야 한다.

예를 들어 신체 명칭에 대한 글을 쓴다면, '신체'가 신체의 내부를 의미하는지, 외부를 의미하는지 아니면 다 포괄하는 의미인지 정의해야 한다. 그리고 '신체'라는 단어가 같은 의미로 쓰이고 있는 '육체'나 '몸'과는 어떻게 다른지 확대 정의할 수 있어야 한다.

이와 같이 글을 쓸 때 개념을 정의한다는 것은 글쓴이가 다루고자 하는 대상의 범위를 한정하는 것이며, 개인 상징의 의미를 확대하는 것이다. 그리고 글쓴이가 전달하고자 하는 의미를 독자가 잘못 해석하면 불필요한 오해가 생길 수 있기 때문에, 글쓴이는 표현하고자 하는 대상의 정의를 분명히 해야 한다.

또 다른 예를 들어보자. '사랑'을 주제로 시를 쓰거나 서사문, 묘사문 등을 쓰기 위해서는 우선 글쓴이가 생각하는 '사랑'의 의미를 주관적으로 정의해야 한다. 에리히 프롬의 『사랑의 기술』처럼 자본주의적 관점에서 사랑의 기원과 의미, 발전 과정, 결과 등에 대한 글을 쓸 수도 있다. 또 남녀 간의 사랑에 초점을 맞출 수도 있고, 부모와 자식 간의 사랑, 지식에 대한 열정 등 다양한 주제로 '사랑'에 관해 쓸 수 있다. 그리고 남녀 간의 사랑이라도 사랑의 시작, 헤어짐, 재회 등 여러 가지로 주제의 변별적 의미를 표현할 수 있다. 노래나 드라마, 영화, 문학작품 등에서 사랑의 의미는 다양하게 확대 정의되고 있으며, 은유적 표현으로 상징화되고 있다.

기형도 시인의 「빈집」의 예를 들어보자.[9] 시인은 헤어진 사랑

---

9  기형도, 『입 속의 검은 잎』, 문학과지성사, 1991, 77쪽.

으로 인한 좌절과 괴로움을 '빈집'이라는 은유적 표현을 통하여 묘사하고 있다. "사랑을 잃고 나는 쓰네", "창밖을 떠돌던 겨울 안개들아", "망설임을 대신하던 눈물들아"와 같은 표현은 잃어버린 사랑을 구조화시켜 은유적으로 표현한다. "장님처럼 나 이제 더듬거리며 문을 잠그네", "가엾은 내 사랑 빈집에 갇혔네"와 같은 표현은 사랑을 하나의 개체로 바라보는 존재론적 은유, 시인만의 개념적 구조물을 형성하는 구조적 은유로 볼 수 있다. '안개', '촛불', '눈물', '장님'과 같은 단어는 좌절된 사랑의 감정을 드러내기 위한 존재론적 은유 표현이다. 특히 '빈집'이라는 시의 제목에서 알 수 있듯, 시인이 나타내고자 하는 바가 '빈집'이라는 개념으로 확대 정의되면서 작가만의 상징성이 드러난다.

은유는 글의 독창성을 드러내는 데 반드시 필요한 부분이다. 독자가 생각하는 자신만의 '빈집'은 어떤 의미이고, '빈집'이 의미하는 상징성은 무엇인지 생각해볼 문제이다.

인지의미론(cognitive semantics)은 인지과학(cognitive science)의 원리로 언어의 의미 문제를 규명하려는 것이므로, 인지의미론의 성격을 밝히기 위해서는 '인지과학'의 실체를 파악하는 것이 필요하다. 인지과학은 인간 인지의 조직과 기능방식을 기술하고 설명하는 데 목적을 둔 것으로, 심리학의 측면에서는 인지주의를 지향하며, 철학의 측면에서는 체험주의를 표방하고 있다.[10]

윗글은 '인지의미론'이라는 용어를 정리하면서 인지의미론이 인지과학의 원리로 규명하는 학문이고, 덧붙여 심리학의 인지주의와 철학의 체험주의를 바탕으로 한 학문이라고 확대 정의하고 있다. 의미론의 하위 학문인 인지의미론을 설명하는 윗글에서 글쓰기 유형인 구분과 분류뿐만 아니라 확대 정의의 개념까지 명확하게 알 수 있을 것이다.

글의 독창성은 글쓴이가 전달하려고 하는 개념에 대하여 정의를 내리는 것에서부터 출발한다. 이로써 범위를 명확하게 설정하고 깊이 있는 글을 쓸 수 있게 된다.

현대국어 문체의 특징과 변별성을 알기 위해서는 현대국어가 시작되는 시점을 언제부터 볼 것인가 하는 시대 구분을 할 필요가 있어 보인다. 현대국어가 시작되기 이전에 개화기 시대의 대표적인 문체의 특징이 한문구 국한문체이고, 일제강점기 1910년부터 1945년까지의 대표적

---

10  임지룡, 『인지의미론』, 탑출판사, 1997, 12쪽.

인 문체의 특징이 대부분의 품사에서 낱말의 일부분이 한자로 표기되는 점이라는 것을 볼 때, 우리말 한글체가 대부분의 장르에서 문체의 중심에 있는 1945년 이후를 현대국어의 문체가 시작되는 시점이라고 보고자 한다. 왜냐하면 1910년대 이전에는 1882년에 간행된 개신교계쪽 복음서를 제외하고는 한문 구조에 바탕을 둔 한문구 국한문체가 신문, 잡지, 교과서 등 여러 문헌에 걸쳐 나타나기 때문이다. 그리고 1910년대부터 1945년까지는 개화기 시대보다 발전된 우리말 국한문체의 양상을 보이고 있지만 문장의 구성성분에 있어서 품사별로 그 표기 방식을 보면 용언의 일부나 부사, 보통명사, 불완전명사, 고유명사, 관형사 등 대부분의 명사와 공동격 조사가 한자어로 표기되기 때문이다. 예를 들면 '變하야', '自願하얏다', '平和스러운', '決코', '슴하야' 같은 표현이나 현대국어에서 쓰이고 있는 공동격 조사 '와', '과' 외에 '及'이라는 표현을 써서 공동격 조사를 표현하고 있다.

이러한 점으로 인하여 현대국어의 시대 구분은 동사나 부사, 고유명사 등 일부 품사에서 낱말의 일부분이 한자로 표기되고, 외래어가 점차 증가되고, 아라비아 숫자가 사용되며, 한자를 병기한 것을 그 특징으로 잡을 수 있는 1945년부터 2000년대까지의 시기와 축약어, 생략어, 비표준어 등의 증가와 한자어를 통한 은유적 표현, 외래어가 필요에 따라 쓰이고 있으며, 외래어 한글 병기가 같이 이

루어지는 그 이후의 시기로 나누고자 한다.[11]

윗글은 현대국어의 문체의 흐름에 대하여 서술하는 글이다. 현대국어의 문체를 정의 내리기 위하여 현대국어가 시작되기 이전과 이후로 시대를 구분하여 현대국어의 문체의 특징을 확대 정의하고 있다. 어떠한 개념에 대하여 설명하기 위해서는 시기의 구분과 더불어 의미를 확장시켜 정의 내릴 수도 있어야 한다.

---

11 장은하, 『남북한 맞춤법과 한국어 어휘 연구』, 푸른사상사, 2020, 82~83 쪽.

적용하기

1. '사랑'의 개념에 대하여 자신만의 관점으로 확대 정의해보세요.

글쓰기와 메타포

# 제5장

# 유추와 은유적 표현

　어떠한 현상을 두고 그 원인과 결과를 서술하는 글쓰기 유형이 '유추'이다. 이러한 글을 쓸 때에는 원인을 단순화시키지 않고 여러 가지 관점에서 대안을 제시할 수 있어야 독자를 설득할 수 있다. 논리적인 글은 감정에 호소하는 글과는 달리 객관적인 근거에 기초해서 서술해야 한다.

　인문과학 · 자연과학 · 사회과학 등 학문의 발전도 결국은 이론의 예외성을 해결하기 위한 분석의 결과물이다. 원인과 결과를 분석하기 위해서는 여러 가지 개념들을 비교, 대조할 수 있고, 상위 개념과 하위 개념을 구분, 분류하고 정의 내릴 수 있어야 한다. 이때 독자에게 전달하려는 바를 흥미롭게 전달하기 위하여 전체 글의 제목과 소제목에서 은유적인 표현이 쓰일 수 있다.

'인간의 본성은 선천적으로 타고나는 부분에 더 많은 영향을 받는가, 아니면 후천적인 환경에 더 많은 영향을 받는 것인가'를 주제로 논리적인 글을 써야 한다고 가정하자. 이러한 글을 쓰려면 원인과 결과의 분석이 여러 가지 관점에서 제시되어야 할 것이다. 왜냐하면 인간의 본성에 관한 문제는 논쟁이 계속되는 미해결 과제 중 하나이기 때문이다.

일단 한 가지 관점에만 기초하여 글을 전개하기보다는 철학적 관점, 심리학적 관점, 사회생물학 관점, 뇌과학적 관점 등에서 접근해볼 수 있을 것이다. 우선 철학적 관점에서 분석하려면 성선설과 성악설의 학문적인 근거와 자료를 찾아보아야 할 것이며, 심리학적 관점에서는 프로이트나 융의 정신분석학을 근거로 원인과 결과를 분석해야 할 것이다. 또 사회생물학적인 관점에서 리처드 도킨스의 '이기적 유전자'[12]로 원인과 결과를 분석할 수도 있을 것이며, 스티븐 핑거의 뇌과학적인 관점, 사회생물학적인 관점을 바탕으로 원인과 결과를 분석할 수도 있을 것이다.[13]

---

12 리처드 도킨스, 『이기적 유전자』, 두산동아, 1992, 15~17쪽.
13 스티븐 핑거, 『빈 서판』, 사이언스북스, 2002, 7~15쪽.

리처드 도킨스는 그의 저서 『이기적 유전자』에서 유전자는 자신의 인자를 후세에 잘 남기기 위하여 ESS전략 같은 최적화된 프로그램으로 작동된다고 하였으며[14], '밈'과 같은 문화 유전자인 모방 유전자에 대해서도 언급한다.[15]

스티븐 핑거는 그의 책 『빈 서판』에서 인간 개개인은 부모로부터 빈 서판(blank slate)이 아닌 새겨진 서판을 가지고 태어났다고 하면서 환경의 영향과 선천적인 영향에 대하여 여러 가지 관점에서 서술하고 있다.[16] 그리고 이전의 인간의 본성을 바라보는 관점은 '불평등에 대한 두려움', '불완전함에 대한 두려움', '결론에 대한 두려움', '허무주의에 대한 두려움'에서 원인을 찾을 수 있다고 하면서 이러한 부분을 정치, 폭력, 성(性), 어린이, 예술과 인문학 분야까지 적용하고 있다. 이러한 점을 보면 『빈 서판』은 과학적 사실에 바탕하여 쓰여진 책이지만 책 제목 '빈 서판(blank slate)', '고상한 야만인', '기계 속의 유령', '최후의 성벽', '성삼위일체'와 같은 제목, 소제목에 사용된 은유적 표현을 통하여 독자에게 함축적인 의미를 흥미롭게 전달하고 있다.[17]

---

14  리처드 도킨스, 앞의 책, 111~113쪽.
15  위의 책, 279쪽.
16  스티븐 핑거, 앞의 책, 71~94쪽.
17  위의 책, 5~6쪽.

위의 예에서 제시된 바와 같이 은유적인 표현은 객관적인 근거를 바탕으로 하는 논증류의 글에서도 사용된다. 『이기적 유전자』에서도 '복제자', '유전자의 이기주의', '밈', '새로운 복제자' 같은 구조적, 존재론적 은유 표현을 통하여 독자에게 유전자에 대한 새로운 관점을 전달하고 있다.[18]

글쓴이가 가지고 있는 개념을 여러 가지 관점에 기초하여 확대 정의하고, 그 이유와 근거는 무엇인지 논리적으로 제시하는 것이 유추하는 글쓰기 과정이다. 이때 내용은 객관적인 근거를 바탕으로 하지만, 제목과 소제목에 구조적 은유 표현을 사용함으로써 독자의 흥미를 유발할 수 있다.

또 다른 예를 들어보자. 한국에서 대체에너지로 타당한 에너지에 대하여 서술해야 한다면 어떻게 글을 전개하는 것이 옳을까? 우선 대체에너지의 종류와 특징에 대해서 찾아보고, 장단점을 언급할 수 있어야 한다. 그리고 그러한 사항들을 분석하여 어떠한 에너지가 대체에너지로서 타당한지 그 이유를 제시할 수 있어야 한다.

대체에너지로는 수소에너지, 태양열에너지, 태양광에너지, 전기에너지, 풍력에너지 등이 있다. 수소에너지는 탄소가 전

---

18 리처드 도킨스, 앞의 책, 13쪽.

혀 배출되지 않지만 초기 비용이 많이 드는 단점이 있다. 태양열에너지도 친환경적인 에너지이지만 일조량에 따라 에너지를 저장할 수 있는 양이 제한되어 있다. 풍력에너지도 지속적인 풍력이 제공되어야 하는 단점이 있으며, 소음의 문제도 있다.

그러면 가장 중요하게 생각하는 에너지 공급의 기준이 무엇인지 주된 기준과 부차적 기준을 제시해야 할 것이다. 또한 가장 타당한 대체에너지가 무엇인지 분석되었다면 지역별 특성에 따라 대안을 고려해야 할 것이다. 예컨대 한국의 서해안은 다른 지역보다 조수간만의 차가 크기 때문에 그러한 지역적 특성을 고려하여 에너지 문제의 대안을 제시할 수 있어야 한다. 강원도 산간지방이라면 풍력에너지를 대안으로 제시할 수 있을 것이다. 이때 최근에 제시된 통계청, 기상청 자료를 인용하여 글쓴이의 주장을 뒷받침하는 것도 좋다.

설득을 필요로 하는 글을 쓸 때는 참고문헌과 자료를 근거로 제시하되, 반드시 출처를 밝혀주어야 한다. 어느 부분이 글쓴이의 주장인지 정확하게 구분하여 서술해야 한다. 부적절한 출처를 인용한다거나 읽지 않은 저술을 인용해서는 안 된다. 전체 글을 읽지 않고 논문 초록 같은 요약본에 의존하여 글을 써도 안 된다. 이것은 글쓴이가 반드시 지켜야 하는 기본적인 윤리이며 의무이다.

그러한 과정을 통하여 원인과 결과에 대한 분석을 객관화시킬 수 있으며, 제목과 소제목에 은유적인 표현을 활용하여 어려운 개념을 더 쉽게 설명할 수 있다.

적용하기

1. 인간의 본성은 선천적으로 결정되는지, 아니면 후천적 영향을 받는다
고 생각하는지 유추하는 글을 써보세요.

글쓰기와 메타포

# 제6장

# 논증과 은유적 표현

   '논증'은 객관적인 근거를 바탕으로 독자를 설득하는 글쓰기 유형이다. 형사 사건에서 피고인의 유죄, 무죄를 따질 때 범죄의 증거를 제시해야 하는 것처럼, 논증의 글쓰기에서는 근거를 제시할 수 있어야 한다.

   논증의 글쓰기 유형은 대부분 학술적인 글쓰기에서 볼 수 있으며, 서론과 본론, 결론으로 구성된다. 서론에서는 글을 쓰는 목적과 연구 범위, 연구사, 연구 방법이 제시된다. 연구 방법은 관련 주제의 이론에 관한 것으로, 글쓴이만의 해결 방법과 결론을 제시해야 글의 독창성을 잘 드러낼 수 있다.

   본론에서는 서론에서 제시한 부분에 대하여 객관적인 근거를 바탕으로 논리적 전개를 하며, 결론에서는 지금까지 주장한 내용을 요약, 정리한다.

언어학자인 촘스키(Chomsky)가 『*Syntactic Structure*』(1957)에서[19] 제시하였던 '변형생성문법'은 인간의 언어체계를 기저구조, 변형규칙, 표면구조라는 새로운 관점에서 바라보았기 때문에 글의 독창성이 돋보인다고 할 수 있다. 이전에 언어를 바라보던 관점이 언어체계 안에서 이론을 정립했다면, 촘스키는 인간의 고유한 언어 능력으로 범위를 확대하여 새로운 관점을 제시하였다. 그리고 생물학적인 용어를 활용하여 '변형생성문법', '변형생성규칙', '기저구조', '표면구조'와 같은 구조적 은유 표현으로 글의 독창성을 드러냈다.

또 자동차 광고에 제시된 문구를 분석하는 논문을 쓴다고 가정하자. 논문의 제목을 '자동차 광고 언어에 대한 고찰'로 정할 수 있을 것이다. 그리고 부제는 언어를 바라보는 여러 가지 관점 중 하나인 '언어 형성관을 중심으로'라고 제시할 수 있을 것이다. 이때 글쓴이는 언어와 사고의 관계에 있어 여러 관점에서 자료 조사를 하고, 특징을 비교, 대조할 수 있어야 한다.

본론에서는 언어관의 종류와 특징, 자동차 광고 문구 분석, 더 나아가 광고 문구를 직접 작성하여 이론을 적용한다. '언어

---

**19** 김진우, 『언어』, 탑출판사, 1996, 81~183쪽.

는 의사소통의 도구'라는 점에 중점을 두고 있는 언어 도구관과 언어보다는 사고에 더 무게를 두고 있는 언어 형성관, 언어와 사고의 관계는 일치한다는 언어 사고 일체관 등의 관점을 찾아 보고, 글쓴이만의 이론을 정립할 수 있을 것이다.

그리고 그 이론을 바탕으로 자동차 광고 문구에 대하여 분석 한다. 한국 · 유럽 · 미국 · 일본 등 각국의 다양한 자동차 브랜 드 광고 문구가 분석의 대상이 될 수 있다.

결론에서는 지금까지 주장한 내용에 대한 요약 정리와 해결 방안을 제시하고, 해결하지 못한 부분에 대하여 문제 제기를 하면서 마무리를 한다.

논증의 글을 쓰는 것은 한 층 한 층 계단을 오르는 것과 같다. 1층에서 10층으로 바로 오를 수 없는 것처럼, 주제와 관련된 참 고문헌을 찾아보고, 이론을 정리하며, 자기만의 관점을 세워 창의적인 결과물을 제시하는 것이다.

자동차 광고 언어, 스포츠 마케팅, 그리고 5장에서 제시했던 인간의 본성에 관련된 주제를 가지고 논증의 글을 쓸 때 전체 목차를 제시하면 다음과 같다.

**자동차 광고 언어에 대한 고찰**

1. 서론
   1.1 연구 목적 및 의의
   1.2 연구 방법 및 배경
   1.3 연구사
   1.4 문제 제기

2. 언어관의 종류와 특징
   2.1 언어 도구관
   2.2 언어 형성관
   2.3 언어 일체관

3. 자동차 광고 분석
   3.1 한국
      3.1.1 현대
      3.1.2 기아
      3.1.3 쌍용
   3.2 유럽
      3.2.1 벤츠
      3.2.2 아우디
      3.2.3 폭스바겐

## 스포츠 마케팅에 대한 고찰
　　— 나이키와 아디다스에 제시된 광고 언어를 중심으로

나이키와 아디다스는 대표적인 스포츠 브랜드다. 스포츠 마케팅의 장점은 브랜드를 직접적으로 드러내놓지 않고 자사의 제품을 광고하기 때문에 소비자에게 거부감을 줄이면서 자연스럽게 다가갈 수 있다는 것이다. 마케팅에는 디자인 마케팅, 감각 마케팅, 스토리 마케팅 등 여러 가지 종류가 있지만 스포츠 마케팅이 특히 선호도가 높은 이유는 무엇인지 스포츠 브랜드의 광고 언어 분석을 통해서 연구해볼 수 있다.

나이키의 대표적인 슬로건 'just do it', 아디다스의 'impossible is nothing'은 소비자의 기억에 오래 저장되어 있는 대표적인 문구다. 이러한 은유적 표현은 수사법의 하나라고 생각할 수도 있겠지만, 인간이 사물을 대할 때 활성화되는 인지 과정의 하나로 생각할 수 있다.

기업은 소비자에게 전달하고자 하는 바를 프레임으로 구성하고 은유적 표현으로 상징화시킨다. 2013년 칸 국제 광고제 필름 부문에서 은상을 수상한 나이키의 '위대함(greatness)'을 주제로 한 광고는 어려움에 처한 개개인의 상황과 노력을 '위대함'이라는 개념으로 확대 정의하고 구조적 은유로 표현하고 있다.[20]

이 광고는, 위대함은 가까이 있으며, 천부적인 유전자를 가지고 타고난 사람들만의 것이 아니며, 어린아이부터 청소년, 장애인, 평범한 대부분의 사람들에게 위대함이 만들어지는 것이라는 메시지를 전한다. 자연스러운 서사구조에 바탕하여 소비자에게 '위대함'의 의미는 각자가 만들어갈 수 있다고 주장한다.

아디다스는 2016년에 축구선수 포그바를 모델로 한 광고를 선보였다. 이 광고는 'I'm here to create'라는 슬로건으로 진행된 광고 시리즈의 세 번째 광고로, 포그바의 축구를 향한 열정을 스토리 마케팅에 의하여 보여주고 있다.[21] 포그바의 성장하는 모습을 통하여 어떻게 축구계의 영웅이 될 수 있는지를 'I'm here to create'라는 은유적 표현을 통하여 상징화시켰다. 이 광

---

20 https://youtu.be/-OityS3-_84
21 https://youtu.be/Ljy73nCF9F0

고에서 포그바는 한 사람의 축구선수 이름이기도 하지만, 여러 가지 상황 속에서도 본인의 꿈을 위해 즐기면서 노력하면 포그바와 같이 될 수 있다는 상징성을 내포하고 있다.

이러한 점에서 언어는 의사소통의 도구이기도 하지만 저자의 의도를 은유적 표현을 통하여 독자에게 집약적으로 전달하고, 소비자의 마음을 읽어내어 기업의 매출로 연결시킬 수 있다는 점에서 의사소통 이상의 역할을 하는 것으로 보인다. 독일의 언어학자 훔볼트와 바이스게르버가 제시한 것처럼 언어의 동적인 역할은 중요한 부분이다.

나이키와 아디다스의 광고 언어 분석 결과를 참고하여 한국의 스포츠 브랜드 제품의 광고 언어를 직접 제작해볼 수도 있을 것이다. 독자가 가질 수 있는 위대함은 무엇이며, 포그바는 어떠한 의미인지 생각해볼 문제이다.

## 인간의 본성에 대한 고찰

1. 서론
   1.1 연구 목적 및 의의
   1.2 연구 방법 및 배경
   1.3 연구사

1.4 문제 제기

2. 인간 본성에 대한 이론
 2.1 철학적 관점
  2.1.1 성선설
  2.1.2 성악설
 2.2 심리학적 관점
  2.2.1 프로이트 정신분석
  2.2.2 융의 정신분석
 2.3 사회생물학적 관점
 2.4 뇌과학적 관점

3. 인간의 본성에 대한 저자의 이론
4. 적용
5. 결론
* 참고문헌

　위의 개요는 인간의 본성을 주제로 논문을 작성할 경우 쓸 수 있는 목차이다. 인간의 본성에 관한 여러 가지 학설과 서론, 본론, 결론을 통한 논증의 과정을 보여주고 있다.

# 한류의 문제점과 그 해결 방안에 대한 고찰
— 드라마, 음악, 음식, 의료 분야를 중심으로

1.서론
  1.1 연구 목적 및 의의
  1.2 연구 방법 및 배경
  1.3 연구사
  1.4 문제 제기
2. 한류의 개념 및 특징
  2.1 드라마
  2.2 음악
  2.3 음식
  2.4 의료
3. 한류의 문제점
  3.1 드라마
  3.2 음악
  3.3 음식
  3.4 의료
4. 해결 방안
5. 결론
* 참고문헌

위의 개요는 한류의 문제점과 그 해결 방안에 대하여 쓴 논문의 목차이다. 한류는 대한민국 문화콘텐츠에서 계속 성장하고 있는 분야이다. 하지만 성장하는 만큼 보완해야 할 점도 많다. 저자는 이러한 점에 초점을 맞춰 주제를 정하고, 한류의 개념과 범위를 밝히며, 문제점에 대한 해결 방안을 제시하고 있다.

목차에 의하면 이 연구에서는 한류의 범위를 드라마·음악·음식·의료 분야로 한정하였다. 한류의 개념을 정하려면 우선 범위를 결정해야 한다. 케이팝(K-pop)을 예로 들어보자. 한국인 가수가 한국어로 된 노래를 불러야 한류라고 할 것인지, 아니면 한국적인 문화를 기반으로 한 내용이 가사에 내포되어 있을 때 한류라고 할 수 있을지 정해야 할 것이다. 그리고 한국적인 문화는 무엇인지 또 정의내려야 할 것이다.

이 부분에서 한류의 개념에 대한 확대 정의가 필요해 보이며, 이것을 바탕으로 논리를 전개하고 한류의 문제점과 해결 방안을 제시할 수 있어야 한다. 이때 해결 방안에 대한 새로운 방법론을 제시하는 것이 필요하다. 예를 들면 경영학의 SWOT 분석 이론에 의하여 한류의 문제점에 대한 새로운 해결 방안을 제시할 수 있다. 하지만 SWOT 분석은 기업 환경에 관한 것이므로 한류의 흐름과 분석에 맞는 다른 요소를 추가하여 새로운 명칭의 이론으로 분석해볼 수도 있을 것이다. 이러한 해결 방안은 음악 분야, 의료 분야, 음식 분야, 드라마 분야 등에도 적용할 수 있다. 다른 분야의 주제를 가지고 개요를 작성하면 다음과 같다.

**도박 중독의 문제점과 치료 방법에 대한 고찰**

1. 서론
   1.1 연구 목적 및 의의
   1.2 연구 방법 및 배경
   1.3 연구사
   1.4 문제 제기
2. 도박 중독의 개념 및 원인 분석
   2.1 도박 중독의 개념
   2.2 도박 중독의 원인 분석
3. 도박 중독 사례
   3.1 청소년
   3.2 장년
   3.3 노년
4. 도박 중독 치료
   4.1 심리 치료
   4.2 약물 치료
   4.3 음악 치료

글쓰기와 메타포

5. 결론

 * 참고문헌


　도박 중독이라는 문제점과 해결 방안을 주제로 글을 쓰기 위해 개요를 작성해야 한다면 어떠한 방법으로 논리적 전개를 할 수 있을까? 글에서 중요한 것은 내용의 독창성으로 도박 중독 문제에 대하여 이전과는 다른 방식으로 접근하여 해결 방안을 제시하는 것이 중요하다.

　우선 서론에서 왜 이런 주제로 논문을 쓰는가를 밝혀야 한다. 왜냐하면 연구의 목적과 의의를 분명하게 제시해야 독자들이 쉽게 이해할 수 있기 때문이다. 그리고 어떠한 이론적인 방법으로 문제에 접근할 것인지를 밝히고, 지금까지 이 문제에 대해 어떤 연구가 이루어져왔는지 연구의 배경을 설명한다. 관련 논문을 찾아보고 연구사를 정리하다 보면 다른 논문의 주장과 차이점을 비교, 대조할 수 있고, 문제 해결 방안에 대하여 아이디어를 얻을 수 있다.

　본론에서는 '도박 중독'의 개념을 정의하고, 그 이유와 근거를 제시한다. 그리고 청소년층, 장년층, 노년층으로 나누어 도박 중독의 구체적인 사례와 문제점 등을 서술하고 해결 방안을 제시한다. 이때 이전 논문과 차별화된 약물 치료, 심리 치료,

음악 치료 같은 방법론을 제시하여 도박 중독 환자 치료를 위한 객관적인 근거와 타당성을 제시하는 게 좋다.

마지막 결론에서는 지금까지 전개한 내용을 요약 정리하고, 해결하지 못한 부분에 대하여 문제 제기를 한다.

논증의 글쓰기를 할 때에는 감정을 배제한 문체가 바탕이 되어야 하며, 의미 파악에 오해를 일으킬 수 있는 '절대로', '모두', '전부 다'와 같은 표현은 사용하지 않는 것이 좋다. 왜냐하면 모든 이론은 예외성이 있기 때문이다.

적용하기

1. 쓰고자 하는 논문의 주제를 정하고 개요를 작성해보세요.

글쓰기와 메타포

# 제2부

# 창의적 글쓰기와
# 은유적 표현

# 제1장

# 자기소개서와 은유적 표현

 

자기소개서는 초중고생뿐만 아니라 대학생, 성인도 쓰게 되는 글쓰기 유형이다. 누구나 쓸 수 있으며, 누구나 쓰게 되는 글쓰기 유형이기 때문에 차별화된 글쓰기가 되지 않는 경우가 많다. 자기소개서에서 자신만의 차별성과 독창성을 드러내려면 어떻게 해야 할까? 이때 은유적 표현의 활용 여부가 중요해진다.

자기소개서는 어떠한 목적을 가지고 서술하는가에 따라 글의 전개 방식이 달라지고 상징성이 달라진다. 특히 진학이나 취업을 앞두고 자기소개서를 써야 할 경우, 장래 문제와도 직결될 수 있기 때문에 다른 글을 쓸 때보다 부담이 된다.

학생들이 쓴 자기소개서를 보면 대부분 열심히 쓴 글이지만 형식과 내용이 비슷비슷하다. 학생들이 쓴 자기소개서는 대개 4개의 단락 정도로 구성된다. 보통 첫 번째 단락에서 본인이 살아온 가정환경과 배경을 서술한다. 그리고 두 번째, 세 번째 단락에서는 구체적인 경험과 노력, 좌절 등에 관해 언급한다. 네 번째 단락에서는 진로 문제와 관련해 선택한 학과나 회사에 지원하는 동기에 대해 서술한다. 그리고 자신이 왜 이 학과나 회사에 적합한 인재인지 작성한다. 그리고 앞으로의 계획과 삶의 자세에 대해 언급하며 글을 맺는다.

자기소개서를 이러한 형식과 내용으로 작성하는 게 잘못 쓰는 것은 아니지만, 글의 독창성과 차별성을 드러내는 데 한계가 있다. 그러면 어떻게 해야 자기 자신의 장점을 부각시키면서 글의 형식과 내용을 돋보이도록 자기소개서를 쓸 수 있을까?

글의 독창성은 어떤 자료를 활용하는가, 어떤 방법으로 글을 전개하는가, 어떻게 결론을 내리고 마무리를 짓는가에 따라 결정된다. 자기소개서 역시 글쓴이가 어떠한 부분에 초점을 맞추어 글을 전개해야 할지 전체적인 주제를 정하고 그에 맞는 개요를 작성할 필요가 있다.

아무리 짧은 글이라도 개요부터 작성하고 서술해야 한다. 개요 작성은 글의 뼈대를 세우고 논리적 전개를 객관화한다는 점에서 중요하다. 우선 소제목 중심의 간단한 1차 개요를 작성한

뒤, 문장 중심으로 2차 개요를 작성해보자. 그리고 전체 글의 주제에 맞게 은유적으로 제목을 정해보자. 제목을 있는 그대로 '자기소개서'라고 하기보다는 은유적인 제목으로 제시하는 것이 글의 독창성을 잘 드러낼 수 있다. 은유적 표현을 활용한 제목은 독자의 흥미를 유발할 수 있고, 글의 주제를 집약적으로 보여준다.

　자기소개서뿐만 아니라 기사문, 드라마, 영화, 책에서도 제목은 중요하다. 같은 주제를 가지고 기사문을 쓰더라도 기자의 관점에 따라 소제목이 달라지며, 글의 전개 방향도 달라진다. 드라마 제목이 〈세종대왕〉일 때와 〈뿌리 깊은 나무〉일 때, 각 드라마의 전개 방향에 차이가 있을 것이다. 영화 제목을 〈사도세자〉라고 할 때에 비해 〈역린〉이라는 은유적인 표현으로 제시할 때 영화의 방향과 주제의식을 쉽게 파악할 수 있다.

　자기소개서 제목을 무엇으로 하느냐에 따라 글을 쉽게 풀어 나갈 수 있을지 없을지가 결정된다. 나 자신을 소개하는 글을 쓸 때 어떠한 부분에 초점을 맞추어 글을 전개해야 할지 정하고, 그에 맞추어 제목을 결정하면 된다. 이때 은유적인 표현이 중요하다. 독자에게 전달하고자 하는 바를 흥미롭게 전달할 수 있는 은유적 표현을 고민해보자.

　예를 들어 자기소개서 제목으로 '카르페디엠'을 선택했다고 치자. 잘못된 표현은 아니지만, 너무나 많이 쓰이는 문구라서 글의 독창성과 변별성을 드러내는 데 한계가 있다. 식상하지 않으면서 글을 돋보이게 할 수 있는 은유적 표현을 고민할 필요가 있다.

자기소개서에서 '내가 어떠한 삶의 자세를 가지고 있는가'에 초점을 맞추어 글을 쓰고자 한다면 그 내용에 맞게 은유적으로 제목을 정할 필요가 있다. 예를 들어 '무엇이 되고자 하는 것보다는 어떻게 살아가는 것이 더 가치있는 삶인가'라는 주제에 독자가 공감할 수 있게 글을 전개하면 된다.

〈인생은 아름다워〉라는 영화 제목에 빗대어 'ㅇㅇ는 아름다워'라고 제목을 지을 수 있다. 시의 제목에 빗대어 자기소개서 제목을 '빼앗긴 ㅇㅇ에게도 봄은 오는가'라고 한다면, 이는 자신의 상황을 '빼앗긴 들'에 빗댄 구조적 은유라고 볼 수 있을 것이다. 누구에게나 빼앗긴 봄은 있을 수 있지만 개개인이 가진 상징성은 다르다. 이러한 점을 반영하여 글을 전개한다면 글의 독창성을 드러낼 수 있다.

'ㅇㅇ는 아름다워'라고 제목을 붙인 자기소개서를 쓴다고 가정하자. 첫째 단락에서는 왜 이런 제목을 정했는지 그에 관한 내용을 전개할 필요가 있다. 둘째 단락, 셋째 단락에서는 '아름답다'가 무엇을 의미하는지 확대 정의하고, 구조적 은유, 존재

글쓰기와 메타포

론적 은유, 지향적 은유로 표현할 수 있다. 또 '아름답다'의 의미를 글쓴이의 내적인 부분과 외적인 부분으로 나누어 구분, 분류하고, 자신의 구체적인 삶에 그 아름다움의 의미를 적용하여 서술해 나간다.

이때 글쓴이의 직접적인 경험과 간접적인 경험이 근거로 제시되면 글의 전개가 수월해진다. 문장을 구성함에 있어서도 서사, 묘사적 글쓰기를 통하여 글쓴이만의 문체를 부각시킬 필요가 있다.

마지막 단락에서는 지금까지 전개한 내용을 바탕으로 어떻게 아름다운 삶을 살 것인지 요약 정리하고, 진로 문제와 연결시켜 마무리하면 된다.

자기소개서를 쓸 때는 솔직하게 서술해야 한다. 어떤 자리에서 자기소개서를 발표하는가에 따라 개인마다 차이가 있겠지만 솔직하게 쓰는 것은 글의 진정성을 드러내기 때문에 중요한 부분이다. 겉도는 이야기만 하면, 그 글은 평범한 자기소개서 중의 하나로 받아들여질 수밖에 없다.

화려하지도 않아도 자기 자신의 이야기를 솔직하게, 주제에 맞게 써 내려간다면, 읽는 이도 충분히 그 내용에 빠져들어 글쓴이의 의도에 공감할 수 있을 것이다. 처음부터 글을 잘 쓰는 사람은 없다. 좋은 글을 많이 읽고, 여러 종류의 글을 접하다 보면 자신만의 아름다운 문체와 내용을 가진 글을 쓸 수 있을 것이다.

글의 완성도를 높이기 위해서는 내용뿐만 아니라 형식적인 부분도 주의해야 한다. 가장 기본적인 것이 한글 맞춤법에 맞게 써야 한다는 것이다. 인터넷과 SNS의 발달로 생략어, 축약어, 줄임말 등이 보편화되어 있지만 격식을 갖춘 자리에서 발언할 때에 표준어를 구사해야 하는 것처럼, 글을 쓸 때에는 한글 맞춤법을 준수해야 한다.

1933년 조선어학회의 '한글 맞춤법 통일안'에서 시작된 맞춤법은 1940년 '한글 맞춤법 통일안', 1946년 '한글 맞춤법 통일안', 1948년 '한글맞춤법 통일안', 1958년 '한글 맞춤법 통일안', 그리고 지금까지 쓰이고 있는 1980년에 공표된 '한글 맞춤법', 1988년의 '한글 맞춤법'으로 이어졌다.

한글 맞춤법 총칙 1항에서는 "한글 맞춤법은 표준어를 소리대로 적되, 어법에 맞도록 함을 원칙으로 한다"고 하여, 형태주의와 음소주의를 바탕으로 한 표준어에 대한 이해를 전제하고 있다. 실제로 형태를 밝혀 적는 경우가 원칙이지만, 그렇지 않은 경우도 많다는 것을 의미한다. 발음하기는 불편하지만 원래의 뜻을 파악하기 쉬운 형태주의 표기법과 발음하기는 편안하지만 원래의 뜻을 파악하기 힘든 음소주의가 결합된 형태가 맞춤법 총칙 1항이다.

　형태주의 표기법은 '꽃이', '꽃도'와 같은 원래의 형태를 표기하는 것이고, 음소주의 표기법은 '꼬치', '꼬또'와 같이 소리나는 대로 표기하는 것이다. 이러한 점에 유의하여 글쓴이는 표준어에 맞게 표기할 수 있어야 한다.

　글의 형식에서 또 한 가지 중요한 부분은 단락의 구성이다. 하나의 단락은 그 자체로서 완성된 글이지만 전체 글의 주제에 맞게 통일성과 유기성을 가져야 한다. 그리고 단락의 구분을 명확히 하여 독자가 논리적으로 이해하는 데 불편함이 없어야 한다. 글을 쓸 때 단락의 구분은 단락 첫 줄을 한 칸 들여쓰는 것으로 할 수 있다. 문장이 바뀔 때마다 줄을 바꿔 한 칸 들여쓰기를 한다면 읽는 이는 문장 하나하나를 하나의 단락으로 인식할 것이다.

　단락의 구분이 잘 된 글은 읽을 때 눈이 피로하지 않고, 단락 단위로 글의 흐름을 파악할 수 있어 글을 이해하는 데에도 도움이 된다. 이때 단락과 단락의 내용은 통일성을 유지해야 한다. 주제와 내용이 다른 두 개의 글로 오해하는 일이 없도록 말이다.

　단락의 길이는 너무 길지 않게, 7~8줄 정도로 구성하는 것이 읽을 때 이해하기 쉽다. 왜냐하면 단락의 길이는 내용적으로도 연결될 수 있기 때문이다. 대부분의 단락은 주제문, 주제문을 뒷받침하는 주요 보충문, 구체적인 예를 적용하는 세부 보충문, 맺음말로 구성된다.

자기소개서의 개요 작성 사례를 제시하면 다음과 같다.

[사례 1]
제목 : ○○는 아름다워
개요
1단락 : 머리말
제목에 대한 설명. 전체 글의 전개에 대하여 서술.
– 아름답다는 의미를 확대 정의하고 그것을 바탕으로 삶의 자세에 대하여 서술

2단락 : 본문
1단락의 근거 자료로서 직접적인 경험과 간접적인 경험 서술
– 학창 시절, 자신의 가치를 잘 드러낼 수 있었던 일에 관련된 경험을 구체적으로 서술하고 그 과정을 통하여 어떻게 아름다운 사람이 될 수 있었는지 서술.

3단락 : 본문
1단락의 근거 자료 두 번째로서 읽었던 책들을 구체적

으로 언급하거나 다른 경험들을 제시함으로써 구체적인 행동과 노력이 어떻게 결실을 맺을 수 있었는지 서술

4단락 : 맺음말
1, 2, 3단락을 정리하는 글로서 위의 내용을 요약 정리하고 더 나아가 진로 문제, 진학 문제와 연결시켜 서술

[사례 2]
제목 : 빼앗긴 ○○, △△에게도 봄은 오는가

개요
1단락 : 머리말
제목에 대한 설명. 전체 글의 전개에 대하여 서술.
- 빼앗긴 들의 의미를 확대 정의하여 서술하고, 저자만의 상황에 빗대어 은유적 표현을 쓰게 된 이유와 근거를 서술

2단락 : 본문
1단락의 근거자료로서 직접적인 경험과 간접적인 경험 서술
─학창 시절, 자신의 가치를 잘 드러낼 수 있었던 일에

관련된 경험과 가족 간의 경험 등을 구체적으로 서술하고 그 과정을 통하여 어떻게 봄을 되돌릴 수 있는가에 초점을 맞추어 서술

3단락 : 본문

1단락의 근거 자료 두 번째로서 읽었던 책들, 여행했던 경험 등을 주제에 연결하여 이러한 과정이 어떻게 결실을 맺을 수 있었는지 서술

4단락 : 맺음말

1, 2, 3단락을 정리하는 글로서 위의 내용을 요약 정리하고 더 나아가 진로 문제, 진학 문제와 연결시켜 삶의 자세의 내적인 부분이 어떻게 외적인 부분으로 연결될 수 있었는지 서술.

글쓰기와 메타포

적용하기

1. 자기소개서 제목과 개요를 글의 주제에 맞게 작성해보세요.

2. 자기소개서를 작성해보세요.

글쓰기와 메타포

# 제2장

# 광고 언어와 은유적 표현

　광고 언어는 소비자에게 전달하고자 하는 바를 시각적 영상
과 함께 함축적으로 보여주는 글쓰기 유형이다. 짧은 시간에
전달해야 하기 때문에 시각적인 영상도 중요하지만, 광고 문구
도 소비자에게 인상적으로 전달되어야 한다.

　소비자가 필요로 하지 않아도 사고 싶고, 갖고 싶게 하는 것
이 광고의 역할이다. 그래서 광고주는 어떠한 프레임을 소비자
에게 전달하고 광고 언어로 구성할 수 있는지 고민해야 한다.
이러한 부분을 전략적으로 기획하고, 프레임을 구성하여 은유
적 표현으로 전달할 때 광고의 목적에 도달할 수 있다.

　기업마다 소비자에게 전달하고자 하는 프레임이 다르다. 기
업이 전달하고자 하는 프레임은 기업의 브랜드 가치를 올릴 수

있고, 소비자의 마음에 오래 기억되며, 매출로 연결될 수 있는 부분으로 구성해야 한다. 이때 시각적인 영상도 중요하지만 광고 언어의 은유적인 표현도 중요하다.

레이코프에 의하면 '프레임(frame)'이란 세상을 바라보는 방식을 형성하는 정신적 구조물로서 프레임은 우리가 추구하는 목적, 우리가 행동하는 방식, 우리 행동의 좋고 나쁜 결과를 결정하고, 이러한 프레임을 재구성하는 것이 사회적 변화라고 언급하고 있다.[1]

레이코프는 그의 저서 『코끼리는 생각하지 마』에서 공화당과 민주당의 선거 프레임과 그 프레임을 구성하는 은유적 표현에 있어 민주당과 공화당의 차이점을 인지언어학적 관점에서 제시하고 있다. 코끼리는 미국 공화당의 상징이다. 조지 W. 부시가 백악관에 입성한 바로 그날부터 '세금구제(tax relief)'라는 용어가 사용되었고, 선거 유세에서 자주 언급하고 있다고 한다. 공화당이 '세금구제'라는 용어를 만들어내고, 민주당이 이러한 용어를 사용하게 될 때 공화당이 제시한 프레임을 받아들이게 된다는 것이다.[2]

1  레이코프, 『코끼리는 생각하지 마』, 삼인, 2006, 17쪽.
2  위의 책, 24쪽.

레이코프에 의하면 '구제(relief)'라는 단어는 구제가 있는 곳에 고통이 있고, 고통받는 자가 있고 그 고통을 없애주는 구제자, 즉 영웅이 있고, 그 구제자를 방해하는 자는 악당이라는 프레임을 가지게 된다. 그리고 '세금(tax)'이라는 단어가 '구제' 앞에 붙게 되면 '세금은 고통이다'라는 은유가 탄생한다는 것이다.[3]

세금 자체는 나쁜 것이 아니며 국가가 유지되기 위해서는 반드시 필요하지만, 세금구제라는 은유적 표현은 선거에 이기고 질 수 있는 많은 내용을 함축적으로 전달하고 있다.

프레임을 구성하는 은유적 표현을 중심으로 모바일 기기 광고와 가전제품 광고, 화장품 광고 언어를 제작해보면 다음과 같다.

## 1. 화장품 광고

화장품은 청소년부터 장년층, 노년층, 남녀노소 구분할 것 없이 쓰이는 제품이다. 화장품 광고에서 쓰이는 언어를 분석하고 광고 문구를 제작하여 지금까지 배웠던 이론을 적용해보자.

---

3   위의 책, 25쪽.

스포츠 브랜드 '나이키'의 어원은 그리스 신화에 등장하는 승리의 여신 니케(Nike)이다. 이처럼 새로운 브랜드명을 정할 때 어원을 고려할 수 있다. 또 모바일 기기 브랜드 '애플'처럼 소비자가 어떠한 스토리를 떠올릴 수 있는 이름으로 브랜드명을 정할 수도 있다. 이처럼 제품의 브랜드에는 회사의 프레임을 효과적으로 전달할 수 있는 은유적 표현이 숨겨 있다.

이러한 점에 유의하여 화장품 광고 언어를 제작해보자. 광고 언어는 한 편의 시를 쓰는 것과 같은 상징성을 내포하고 있다. 우선 천연화장품 브랜드로 세 가지 이름을 생각해보자. 'crystal', 'remind', 'minerva'로 광고 언어를 제작하면 다음과 같다.

### 천연화장품 브랜드 CRYSTAL

더욱 건강한 나를 위해
너무 소중한 나를 위해
아낌없이,
자극없이
눈부신
CRYSTAL

이 광고 언어는 천연화장품의 장점과 특성을 은유적 표현으로 보여주고 있다. 피부에 자극을 주지 않고, 소중한 나를 지키며 나를 반짝거리게 할 수 있다는 프레임을 은유적 표현으로 구성하여 소비자에게 전달한다. 우선 'CRYSTAL'이라는 이름은 피부가 반짝거린다는 의미도 담고 있지만, 그 의미를 확대 정의하여 내적인 아름다움으로 해석할 수 있다는 점에서 구조적 은유라 할 수 있다.

### 천연화장품 브랜드 REMIND

너와 나의 눈맞춤
우리가 함께하는 은은한 대화
당신의 부드러운 미소

REMIND we live by

이 광고 언어는 어떠한 상황과 스토리를 떠올리게 한다. 사랑하는 사람과 함께하는 것처럼 이 제품도 늘 당신과 같이하겠다는 의미의 프레임을 은유적인 표현으로 구성하고 있다. 앞에서 예를 든 'CRYSTAL' 광고 언어처럼 제품 자체의 장점을 부각시키지는 않지만, 서사구조에 기반하여 제품의 매력을 부각시키고 있다.

'눈맞춤', '은은한 대화', '부드러운 미소'와 같은 은유적 표현은 소비자가 여러 가지 방식으로 제품의 의미를 재해석하고, 프레임을 확장시킬 수 있는 부분이다. 글에 있어서 독창성은 정형화된 것은 없으며, 글의 주제에 맞게 은유적 표현을 구성하고 전개하면 된다.

### 천연화장품 브랜드 Minerva

지혜로운 그대에게
지적인 그대에게
미소가 상큼한
나만의 그대에게

Minerva is for you


'Minerva'는 로마 신화에 등장하는 지혜의 여신이다. 이 광고 언어는 '지혜와 아름다움'을 당신에게 선물할 수 있다는 프레임을 전달하고 있다. 이 광고에서 선택한 '지혜로운, 지적인, 미소가 가득한'은 다소 평범한 단어들이지만 그러한 평범함 속에서 변하지 않은 아름다움이 있고, 그 아름다움을 나만의 그대에게 선물한다는 의미가 구조적 은유로서 표현된다. 어떠한 제품의 이미지를 구성하고 프레임을 전달하기 위해서는 다양한 마케팅 방법과 그에 부합하는 광고 언어를 제작할 수 있어야 한다. 이때 은유적 표현은 브랜드의 상징성을 부각시킬 수 있다.

## 2. 모바일 기기 광고

휴대폰은 현대인의 필수품 중 하나이다. 남녀노소 모두에게 자연스럽게 일상생활의 한 부분으로 자리 잡고 있다. 그렇기 때문에 더더욱 휴대폰 광고 언어를 제작할 때 다른 제품과 차별화된 상징성을 부각시킬 필요가 있다.

색상은 다양한 관점으로 제품의 내용을 확장시킬 수 있다는 장점이 있기 때문에 'BLUE'라는 브랜드 광고 언어를 제작하고자 한다. 'BLUE'는 모바일 제품을 떠올릴 수 없는 명칭이지만 'BLUE'가 가진 색상의 확장성과 역동성을 고려하여 시리즈의 광고 언어를 제작하고자 한다. 그리고 이러한 색깔의 영역과 상징성을 같은 회사 제품인 모바일 기능을 가진 시계와 무선 이어폰에도 적용함으로써 다양한 영역으로 범주를 확대할 수 있다.

범주를 정할 때 고정적인 것은 없다. 인간의 뇌는 경계를 허

물고 확장시키며 축소시킬 수 있다. 이때 중요한 역할을 하는 것이 은유적 표현이다. 'BLUE'라는 은유적 표현을 통하여 소비자는 브랜드의 이미지를 통일하여 해석하고 기억할 수 있다.

### BLUE 휴대폰 광고

평범하지만 참신하다.
참신하지만 특별하다.

Simple is best.
Blue is the best.

Blue is in your mind

'평범', '참신', '특별' 등은 그 자체로는 평이한 단어이다. 그러나 이러한 단어들을 묶어 '평범하지만 참신하다. 참신하지만 특별하다'라는 문장 단위의 은유적 표현을 했다. 그럼으로써 BLUE 제품만이 가진 장점을 전달하고 있다. 또 'simple', 'blue'와 같은 상징성을 가진 은유적 표현을 통해 소비자가 제품을 통해 얻고자 하는 이미지를 전달하고 있다. 이러한 의도는 'Simple is best. Blue is the best. Blue is in your mind'와 같은 존재

글쓰기와 메타포

론적 은유 표현을 통해 구체화된다.

  같은 단어, 문장이라도 어떠한 방법으로 프레임을 구성하느냐에 따라 글의 독창성을 잘 드러낼 수 있다. 우리는 살아가면서 은유적으로 생각하고, 은유적으로 표현하며, 은유적인 사고를 받아들이고 있다. 독자가 생각하고 확장시킬 수 있는 'BLUE'의 의미는 무엇인지 떠올려보자.


### BLUE 워치 액티브 광고

> 당신만을 위한 의사
> 당신만을 위한 헬스 트레이너
> 당신만을 위한 패션
>
> BLUE에 빠지다.
> Passion에 빠지다
>
> BLUE 워치 액티브


  휴대폰 광고에서 제시한 BLUE의 상징성을 같이 공유하면서, 새로운 프레임을 추가한 워치 광고이다. '당신만을 위한 의사', '당신만을 위한 헬스 트레이너', '당신만을 위한 패션'이라는 문장 단위의 은유적 표현을 통하여 BLUE의 의미에 건강 관리를 추가하였다.

광고 언어를 제작할 때는, 소비자가 선택해야 하는 것이 다른 제품이 아닌 바로 이 제품이어야 되는 이유가 무엇인지 고려하여 구조적 은유 표현으로 구성할 수 있어야 한다.

'BLUE에 빠지다', 'Passion에 빠지다'와 같은 표현은 '사랑에 빠지다'처럼 소비자가 빠져들 수밖에 없는 그 무엇인가가 이 제품에 있다는 프레임을 구성하는 것으로, 문장 단위의 은유적 표현이며, 구조적 은유이다. 인간은 언어의 틀 안에서 생각하고, 논리를 전개하며, 결론을 내린다. 이때 글쓴이의 생각을 함축적으로 전달하면서, 독자가 재미있고 이해하기 편하게 해주는 것이 은유적 표현이다. 글의 독창성은 이러한 부분에서 드러날 수 있다.

**BLUE 에어팟 프로 광고**

반복되는 일상
지친 당신
당신만의 세계

가상과 현실을 넘나들다.

주인공은 나.

무선 이어폰 광고로서 BLUE 시리즈의 상징성을 다른 제품에
까지 확대한 광고 문구이다. '반복되는 일상', '지친 당신', '당신
만의 세계'는 일반적으로 접할 수 있는 평이한 문구이다. 하지
만 '가상과 현실을 넘나들다'라는 표현을 통하여 현실의 공간과
나만의 가상의 공간을 연결시킬 수 있는 제품의 장점을 부각
시키고 있다. 이때 존재론적 은유, 구조적 은유 표현이 쓰인다.
같은 자료를 가지고 있더라도 어떠한 방법과 결론을 도출하느
냐에 따라 글의 독창성이 드러날 수 있으며, 이러한 부분에서
중요한 역할을 하는 것이 은유적 표현이다.

## 3. 가전제품 광고

가전제품도 화장품, 모바일 기기 제품과 마찬가지로 일상생
활에서 반드시 필요한 제품이다. 소비자가 반드시 필요로 하는
제품일수록 소비자가 무엇을 원하는지 파악하고, 프레임을 구
성하여 은유적으로 표현할 수 있어야 한다. 누구나 사야 하는

제품이지만 그렇기 때문에 소비자에게 더 특별하게 다가갈 수 있는 광고 언어는 어떻게 제작해야 할지 생각해보자. 에어컨 제품의 광고 언어를 제작해보면 다음과 같다.

에어컨 광고는 모바일 기기 광고와 다르게 하나의 제품을 가지고 시리즈 광고 언어를 만들어보고자 한다. 왜냐하면 한 편의 광고에서 상징적으로 제시되었던 의미가 확장되어 다른 상황에서 공통적인 의미와 차별적인 의미로 변별화될 수 있기 때문이다.

아래에 언급될 에어컨 광고 1, 2, 3, 4는 '오딧세이 we live by'라는 구조적 은유 표현을 광고 언어에 반복 사용함으로써 소비자에게 각인될 수 있게 하였다. 광고 언어의 중요한 부분인 은유적 상징성이 어떠한 대상에 적용되는가에 따라 소비자는 같은 대상이라도 다르게 인식할 수 있다.

제품의 브랜드명은 호메로스의 『일리아드와 오디세이』에서 따온 것이다. 방랑하는 오디세우스처럼 시원한 바람 속에서 나를 찾아 여행을 떠난다는 의미로 프레임을 구성하고자 한다. 내가 가고자 하는 곳에, 내 마음이 도달하고자 하는 그곳에, 시원함까지 동반할 수 있는 에어컨 '오딧세이'가 함께하겠다는 의미를 은유적 표현으로 전달하는 광고가 될 것이다.

대부분의 에어컨 제품이 기능도 비슷하고 디자인도 크게 다르지 않다면, 어떠한 프레임을 구성하여 광고 언어로 제작하고 다른 제품과 차별화시킬 수 있을지를 생각해야 한다. 구체적으로 광고 언어를 작성해보면 다음과 같다.

**에어컨 광고 시리즈 1**

에어컨 명칭 : 오딧세이

자연의 시원함
머릿속의 잔잔함
매력적인 바람을 찾아
방황하다.

지금 이 순간
오딧세이 we live by

'시원함', '잔잔함', '지금 이 순간', '방황' 같은 은유적 표현을 통하여 외적인 바람의 의미뿐만 아니라 내적인 바람의 의미를 확대 정의하여 소비자에게 전달하는 광고 언어이다. 현대를 살아가는 대부분의 사람들은 문명의 발전 속도만큼이나 스트레스를 받고 있다. 타 기업의 제품과 비교하여 차별화된 에어컨의 기능과 품질을 강조하는 것도 중요한 부분이지만, 오딧세이

에어컨을 사용함으로써 내적인 스트레스까지 해결할 수 있다는 프레임을 구성하고 은유적으로 표현할 수 있다면 소비자에게 인상적인 광고 언어가 될 것이다.

이러한 점에서 언어는 의사소통의 도구이기도 하지만 동적으로 우리의 사고를 조직화하고 체계화할 수 있는 특징을 가지고 있다. 특히 이러한 광고 언어에서 중요한 역할을 하는 것은 구조적 은유 표현이다.

**에어컨 광고 시리즈 2**

에어컨 명칭 : 오딧세이

당신의 소중한 가족
당신의 사랑하는 연인
당신의 소중한 친구
당신의 은은한 향기

당신과 일체가 되다

'가족', '연인', '친구', '은은한', '향기'와 같은 평범한 단어를 통하여 에어컨은 가전제품일 뿐만 아니라 당신과 늘 함께할 수 있는 또 하나의 가족이며, 연인이라는 프레임을 구성한 광고 언어이다. 이 제품이 일상생활의 한 부분으로서 당신과 함께하며, 당신과 같은 은은한 향기와 바람을 전달할 수 있다는 의미가 구조화되어 소비자에게 전달되고 있다.

평범한 단어이지만 어떠한 문장을 엮어내어 함축적 의미를 전달하느냐에 따라 독창적인 글이 될 수 있다. 모든 대상은 기호로 바로 전환되어 사고하는 것이 아니라 머릿속의 관념과 사고를 통하여 구체화되며 변형된다. 왜냐하면 인간은 언어라는 구조물 안에서 사고하고 표현하기 때문이다. 내 마음속에 가라앉은 생각의 조각들을 연결하여 수면 위로 올리고 자신만의 방법으로 상징화시켜 보자.

**에어컨 광고 시리즈 3**

에어컨 명칭 : 오딧세이

너무 차갑지 않고
너무 덥지 않고
따뜻하고
그러나 시원한

오딧세이 we live by

위의 광고 언어는 상반된 의미를 가진 은유적 표현을 개념적 구조물로 상징화시켜 소비자에게 전달한다. 에어컨의 단점을 보완하면서 마음은 따뜻하고 몸은 시원할 수 있는 에어컨이라는 프레임을 구성하고 있다. 여기서 '따뜻한'이라는 단어는 따뜻한 바람이 아니라 마음이 따뜻하고 편안해진다는 의미로 확대 정의할 수 있다. 이러한 광고 언어는 스트레스가 많은 직장인들, 학생들, 여러 연령층의 소비자에게 더 매력적으로 다가갈 수 있다.

같은 제품의 광고가 많다면 다른 광고와 차별화시킬 수 있는 방법이 무엇인지 생각해보고 프레임을 구성하며 은유적으로 표현할 수 있어야 한다. 처음부터 글을 잘 쓸 수는 없겠지만, 다양한 글쓰기 과정을 통하여 논리적으로 생각하고 표현한다면 글의 독창성을 잘 드러낼 수 있을 것이다.

**에어컨 광고 시리즈 4**

에어컨 명칭 : 오딧세이

아름다운 그림 속으로 당신이 들어간다.
당신은 아름다운 그림이 된다.

사랑하는 가족과

사랑하는 연인과

당신과 또 다른 당신이

3차원과 4차원을 드나든다


오딧세이 we live by


'아름다운 그림', '당신', '사랑하는 가족', '사랑하는 연인', '또 다른 당신', '3차원', '4차원'이라는 은유적 표현을 통하여 에어컨이 평범한 가전제품이 아니라 새로운 미적 세계로 들어갈 수 있는 통로일 수도 있다는 프레임을 구성한 광고이다. 누구나 행복해지고 싶고, 아름다워지고 싶은 본능적인 욕구가 있다. 그 욕구는 외적인 부분에만 치중된 것은 아닐 것이다.

이러한 점에 기초하여 '오딧세이'라는 에어컨이 함께하고, 오딧세이와 함께 그 여행을 시작하라는 프레임을 구성하여 소비자에게 전달하고 있다. 당신이 가고자 하는 '오딧세이'는 무엇인지 그 의미를 확장시켜 정의를 내리고, 은유적으로 표현할 수 있다면 글의 독창성을 잘 드러낼 수 있을 것이다.

네덜란드의 판화가이며 화가인 모리츠 에셔가 〈도마뱀〉 그림으로 2차원과 3차원을 넘나드는 새로운 기법을 제시하고, 기하학적인 원리와 수학적인 원리를 그림에 도입하여 초현실주의라는 미학의 패러다임을 제시한 것처럼[4] 광고 언어 제작에 있어서도 이전과는 다른 방법으로 제품의 상징성을 드러낼 필요가 있다. 이때 중요한 역할을 하는 것이 은유적 표현이다.

---

4  진중권, 『미학 오딧세이』 1권, 휴머니스트, 2014, 29쪽.

적용하기

1. 화장품 광고 언어를 작성해보세요.

2. 모바일 광고 언어를 작성해보세요.

3. 에어컨 광고 언어를 작성해보세요.

글쓰기와 메타포

# 제3장

# 시와 은유적 표현

 시는 창의적 글쓰기의 대표적인 예이다. 같은 주제를 가지고 시를 쓴다고 하더라도 시인의 관점에 따라 상징하는 바와 은유적 표현이 달라진다. 시인이 독자에게 전달하고자 하는 상징성은 은유적 표현을 통하여 변별적 의미를 가지게 된다.

 계절이라는 주제로 시를 쓴다고 하자. 시인이 계절의 개념과 정의를 어떻게 확대 정의하는가에 따라 상징하는 바가 다르게 나타난다. 계절 자체의 변화 과정에 초점을 맞추어 시를 쓸 수도 있고, 계절의 변화 안에서 시인의 감정의 변화에 초점을 맞출 수도 있다.

 계절을 주제로 한 시를 살펴보면 다음과 같다.

## 진달래꽃[5]

김소월

나 보기가 역겨워
가실 때에는
말없이 고이 보내 드리오리다.

영변(寧邊)에 약산(藥山)
진달래꽃
아름 따다 가실 길에 뿌리오리다.

가시는 걸음걸음
놓인 그 꽃을
사뿐히 즈려밟고 가시옵소서.

나 보기가 역겨워
가실 때에는
죽어도 눈물 아니 흘리오리다.

---

5  원출처 :『개벽』25호, 1922년 7월 ; 현상길 엮음,『중·고생이 꼭 읽어야
   할 한국현대 詩 108』, 풀잎, 2020, 101쪽.

글쓰기와 메타포

봄꽃, 봄비 등은 봄을 상징하는 은유적 표현으로 시뿐만 아니라 노래 가사, 드라마 등의 제목에도 자주 쓰인다. 특히 여름, 가을, 겨울보다는 봄에 피는 꽃을 상징화하여 시인이 전달하고자 하는 바를 표현하는 경우가 많다. 봄의 속성인 시작, 새로움, 부드러움의 의미 때문일 것이다.

김소월의 「진달래꽃」은 한국인들에게 너무나 잘 알려져 있는 시이다. 그렇기 때문에 오히려 시인이 전달하고자 하는 프레임이 무엇이고, '진달래꽃'이 가지고 있는 상징적인 의미는 무엇인지 일반적인 의미로 파악하기가 쉽다.

우선 진달래꽃의 외적인 이미지에 대하여 생각해볼 필요가 있다. 진달래꽃의 모양은 철쭉과 비슷하지만, 철쭉보다는 색깔이 부드러우며, 꽃봉오리도 작다. 또 이 시에 등장하는 영변은 '영변(寧邊)에 약산(藥山)/진달래꽃/아름 따다 가실 길에 뿌리오리다'라는 문장 단위의 은유적 표현에 제시된 것처럼 가실 길에 뿌릴 정도로 진달래꽃이 흐드러지게 핀 곳임을 알 수 있다.

이렇게 부드러우면서도 작고 아름다운 꽃을 헤어진 님이 가시는 길에 뿌리고, '사뿐히 즈려밟고 가시옵소서'라고 표현하는 것은 누군가를 사랑하지만 헤어질 수밖에 없는 마음을 '말없이 고이 보내 드리오리다', '죽어도 눈물 아니 흘리오리다'와 같은 마음으로 프레임을 구성한 구조적 은유이다.

사랑하지만 보낼 수밖에 없다는 내용의 노래 가사는 많지만, 다른 노래와 차별화시켜 시인이 나타내고자 하는 감정을 프레임으로 구성하고, 은유적 표현으로 구체화하는 것은 쉬운 일이 아니다. 이러한 표현을 잘 구사할 수 있을 때 독창적인 글을 쓸 수 있게 된다.

이 시에서 헤어진 님은 사랑하는 사람일 수도 있고, 이 시가 쓰여진 시대적 배경을 반영한다면 조국일 수도 있다. 시의 상징성을 확대 정의하여 여러분의 '진달래꽃'은 무엇인지 생각해 볼 문제이다.

### 산유화(山有花)[6]

김소월

산에는 꽃 피네
꽃이 피네
갈 봄 여름 없이
꽃이 피네

---

6  원출처 :『영대』3호, 1924년 ; 현상길 엮음,『중ㆍ고생이 꼭 읽어야 할 한국현대 詩 108』, 풀잎, 2020, 110쪽. ˚

산에
산에
피는 꽃은
저만치 혼자서 피어 있네

산에서 우는 작은 새여
꽃이 좋아
산에서 사노라네

산에는 꽃 지네
꽃이 지네
갈 봄 여름 없이
꽃이 지네

「산유화」는 「진달래꽃」과 마찬가지로 독자들에게 사랑을 받고 있는 김소월의 대표시이다. 제목인 '산유화(山有花)'는 꽃의 이름이 아니라, 산에서 피는 꽃이라는 의미이고, 시인의 관념 속에 존재하는 인지적 구조물이다. 왜 시인은 꽃의 구체적인 명칭을 드러내지 않고 '산유화'라는 은유적 표현을 제목으로 삼은 것일까?

이 시에서 제시되는 '산', '꽃', '작은 새', '봄', '여름'은 특별히 그 단어 자체로 상징적인 의미를 나타내지는 않지만, "산에는 꽃 피네", "갈 봄 여름 없이/꽃이 피네", "산에/피는 꽃은/저만치 혼자서 피어 있네", "산에는 꽃 지네"와 같은 문장 단위의 은유적 표현을 통하여 시인의 감정을 차별화시키고 있다. 시인은 평범한 일상생활에서 나만의 산유화가 늘 같이 있기를 바라는 마음을 프레임으로 구성하고 구조적 은유로 상징화시키고 있다.

여러분의 마음속에 있는 '산유화'는 무엇이고, 다른 사람의 마음속에 남겨져 있는 '산유화'는 무엇인지 생각하며 시를 다시 읽어보자.


### 산 너머 남촌에는[7]

김동환

산 너머 남촌에는
누가 살길래
해마다 봄바람이
남으로 오네

---

7  원출처 : 『조선문단』 18호, 1927년 1월 ; 현상길 엮음, 『중 · 고생이 꼭 읽어야 할 한국현대 詩 108』, 풀잎, 2020, 90쪽.

꽃피는 사월이면
진달래 향기,
밀 익는 오월이면
보리 내음새.

어느 것 한 가진들
실어 안 오리.
남촌서 남풍 불 제
나는 좋데나

산 너머 남촌에는
누가 살길래
저 하늘 저 빛깔이
저리 고울까?

금잔디 넓은 벌에
호랑나비 떼,
버들밭 실개천엔
종달새 노래.

어느 것 한 가진들
들려 안 오리.
남촌서 남풍 불 제

나는 좋데나.

이 시는 김동환 시인의 대표적인 작품이다. 이 시에서 상징성을 가진 단어로 '남촌', '봄바람', '꽃피는 사월', '진달래 향기', '밀 익는 오월', '보리 내음새', '저 하늘 저 빛깔', '금잔디 넓은 벌', '버들밭 실개천', '종달새 노래', '남풍' 등이 있다. 시인은 이러한 단어들의 상징성을 통하여 어떠한 프레임을 구성하고 독자에게 전달하고 싶었던 것일까?

「산 너머 남촌에는」이라는 제목에서 유추할 수 있듯이 시인은 누구나 마음속에서 바라는 '따뜻함', '포근함'이라는 관념적 이미지를 구조적 은유로 표현하고 있다. 남촌은 남쪽에 있는 따뜻한 마을이라는 직접적인 의미도 있지만, 누구나 바라고 원하는 봄바람이 부는 편안한 곳을 의미하기도 한다. 독자는 이 시의 상징성을 통하여 남촌의 의미를 확대 정의하고 재해석할 수 있을 것이다. 여러분들의 남촌은 마음속에 어떠한 형태로 자리 잡고 있는지 생각해보자.

글쓰기와 메타포

## 모란이 피기까지는[8]

김영랑

모란이 피기까지는
나는 아직 나의 봄을 기다리고 있을 테요.
모란이 뚝뚝 떨어져 버린 날
나는 비로소 봄을 여읜 설움에 잠길 테요.
오월 어느 날, 그 하루 무덥던 날
떨어져 누운 꽃잎마저 시들어 버리고는
천지에 모란은 자취도 없어지고
뻗쳐 오르던 내 보람 서운케 무너졌느니,
모란이 지고 말면 그뿐, 내 한 해는 다 가고 말아
삼백예순 날 하냥 섭섭해 우옵내다.
모란이 피기까지는
나는 아직 기다리고 있을 테요, 찬란한 슬픔의 봄을

이 시는 김영랑 시인의 대표적인 작품이다. 이 시는 봄에 피
는 꽃 중의 하나인 '모란'을 상징화하여 시인이 전달하고자 하

---

8  원출처 :『문학』 3호, 1934년 4월 ; 현상길 엮음,『중 · 고생이 꼭 읽어야
   할 한국현대 詩 108』, 풀잎, 2020, 133쪽.

는 바를 구조적 은유로 표현하고 있다. 시인은 꽃이 피고 지는 과정을 통해 누구나 공감할 수 있는 찬란하고, 섭섭하고, 서운하고, 서럽고, 슬픈 감정 등을 "나는 아직 기다리고 있을 테요, 찬란한 슬픔의 봄을"이라는 문장 단위의 구조적 은유 표현을 통해 상징화하고 있다.

누구나 공감할 수 있는 봄에 느끼는 감정이지만 그렇기 때문에 단어의 선택과 문장의 변별화가 어려운 경우가 많다. 하지만 이 시는 이러한 부분에 있어 시인만의 묘사를 통하여 글을 돋보이게 하고 있다. 여러분의 '찬란한 슬픔의 봄'은 어떤 의미인지 생각해볼 문제이다.


### 빼앗긴 들에도 봄은 오는가[9]

이상화

지금은 남의 땅 ─ 빼앗긴 들에도 봄은 오는가?

나는 온몸에 햇살을 받고

---

9  원출처 : 『개벽』 70호, 1926년 6월 ; 현상길 엮음, 『중·고생이 꼭 읽어야할 한국현대 詩 108』, 풀잎, 2020, 400~401쪽.

푸른 하늘 푸른 들이 맞붙은 곳으로
가르마 같은 논길을 따라 꿈 속을 가듯 걸어만 간다.

입술을 다문 하늘아 들아
내 맘에는 나 혼자 온 것 같지를 않구나
네가 끌었느냐 누가 부르더냐 답답워라 말을 해다오.

바람은 내 귀에 속삭이며
한 자국도 섰지 마라 옷자락을 흔들고
종조리는 울타리 너머 아씨같이 구름 뒤에서 반갑다
웃네.

고맙게 잘 자란 보리밭아
간밤 자정이 넘어 내리던 고운 비로
너는 삼단 같은 머리를 감았구나 내 머리조차 가뿐하
다.

혼자라도 가쁘게나 가자.
마른 논을 안고 도는 착한 도랑이
젖먹이 달래는 노래를 하고 제 혼자 어깨춤만 추고 가네.

나비 제비야 깝치지 마라
맨드라미 들마꽃에도 인사를 해야지

아주까리 기름을 바른 이가 지심 매던 그 들이라다 보
고 싶다.

내 손에 호미를 쥐여 다오
살진 젖가슴과 같은 부드러운 이 흙을
발목이 시도록 밟아도 보고 좋은 땀조차 흘리고 싶다.

강가에 나온 아이와 같이
짬도 모르고 끝도 없이 닫는 내 혼아
무엇을 찾느냐 어디로 가느냐 웃어웁다 답을 하려무나.

나는 온몸에 풋내를 띠고
푸른 웃음 푸른 설움이 어우러진 사이로
다리를 절며 하루를 걷는다 아마도 봄 신령이 지폈나
보다.

그러나 지금은—들을 빼앗겨 봄조차 빼앗기겠네.


이 시는 일제강점기에 조국을 잃은 슬픔과 조국에 봄이 오기
를 바라는 마음을 표현한 이상화 시인의 대표작이다. 우선 제
목을 통하여 이 시의 주제를 은유적으로 표현하고 있다.
시인은 빼앗긴 조국을 '들'이라는 개념에 빗대어 구조적 은유

로서 상징화하고 있다. 그리고 "꿈속을 가듯 걸어만 간다", "입술을 다문 하늘아 들아", "답답워라 말을 해다오", "다리를 절며 하루를 걷는다", "들을 빼앗겨 봄조차 빼앗기겠네"와 같은 문장 단위의 은유적 상징을 통해서 시인이 느끼는 조국에 대한 감정을 프레임으로 구성하고 있다. 이 시대를 살아가는 여러분들에게 빼앗긴 들은 무엇이며, 봄은 무엇인지 생각해보자.

**봄꽃**

장은하

꽃은 아름답다.
하지만 언젠가 떨어질 것을…
헤어짐을 전제로 만나는 것이 아닌 것처럼
내 마음속에
그대를
봄꽃으로
여름꽃으로
남기고 싶다.

이 시는 계절의 시작인 봄에 피는 '봄꽃', 여름의 풍성함을 간직한 '여름꽃'이라는 은유적 표현을 통하여 개별 꽃 하나하나에

집중하지 않고, 봄에 피는 모든 꽃과 여름에 피는 모든 꽃의 아름다움을 간직하고 싶은 시인의 마음을 상징화하였다. 피었던 꽃은 모두 언젠가는 시들기 마련이다. 그래서 시인은 마음속에서 계속 꽃이 피어 있기를 바라는 마음을 존재론적 은유로 표현하고 있다.

또 이 시를 읽는 독자가 꽃의 의미를 사랑하는 가족, 사랑하는 사람으로 확장하여 해석할 수 있다는 점에서 구조적 은유로 해석할 수 있다. 당신의 봄꽃, 여름꽃은 무엇인지, 꽃의 의미를 확대 정의하여 생각해볼 수 있을 것이다.

**여름비**

장은하

시원하게 여름비가 되어
그림 속으로 들어간다.
나는 푸른 나무가 된다.
푸른 나무는
햇살 옷을 입고
눈부시게 반짝이며
흔들리며

여름비를 기다린다.

여름을 생각하면 마음속에 어떠한 심상이 가장 먼저 떠오르는가? 가지와 잎새가 풍성하게 우거진 나무 같은 하나의 형상을 떠올릴 수도 있겠지만, 나만이 가질 수 있었던 직간접적인 경험을 바탕으로 여름날의 특별한 이미지를 떠올리기도 한다. 시를 쓰는 것도 마찬가지다. 똑같은 여름이라는 재료를 가지고 글을 쓰더라도 글쓴이만의 경험을 살려서 글을 쓰면 차별화된 글이 된다.

위의 시는 '여름비', '푸른 나무', '햇살 옷'과 같은 은유적 표현을 통하여 여름날의 상징성을 다양하게 표현하고 있다. "나는 푸른 나무가 된다"는 레이코프의 존재론적 은유에 해당하며, "그림 속으로 들어간다"는 표현은 그림 속 여름 풍경과 나무의 모습을 상징화했다는 점에서 구조적 은유에 해당된다.

시는 시인이 전달하고자 하는 프레임을 짧은 글에 상징화할 수 있는 대표적인 장르이다. 인간은 언어라는 프리즘을 통하여 세상을 바라보고 있으며, 한국인은 한국어만의 프리즘을 통하여 세계관을 구성하고 있다. 이때 중요한 역할을 하는 것이 은유적 표현이다. 언어를 사용하는 모든 화자는 그 언어를 통해 은유적으로 사고하고, 표현한다.

## 가을 하늘

너무 눈부셔서 다가갈 수 없는
그래서 더 다가가고 싶은
파란 눈을 가진 그대여

「가을 하늘」은 가을 하늘의 아름다움을 표현한 시다. '파란 눈', '그대', '다가갈 수 없는', '그래서 더 다가가고 싶은'이라는 표현을 통하여 가을 하늘을 존재론적 은유로 표현했다. "파란 눈을 가진 그대"는 시 제목 그대로 가을 하늘일 수도 있지만, 다른 대상이 될 수도 있다.

이 시를 읽는 독자는 영역을 확대하여 의미를 재해석할 수 있다. 이러한 점에서 구조적 은유에 해당된다. 즉 파란 하늘은 개개인의 관념 속에 존재하는 상징적인 존재로 해석된다. 독자의 '가을 하늘'은 무엇이며, "파란 눈을 가진 그대"는 누구인지 열린 해석으로 생각해보자.

## 함박눈

장은하

주님의 사랑이
예수님의 축복이
눈부신 하얀 미소로
살포시
그대에게 함박눈으로 내려앉는다.

「함박눈」은 '주님의 사랑', '예수님의 축복', '하얀 미소'라는 은
유적 표현을 통하여 함박눈이 가진 상징적인 의미를 신앙과 축
복이라는 영역으로 확대 정의한 시이다. 겨울에 소리없이 내리
는 함박눈처럼, 이 시를 읽는 독자에게 넘치는 축복이 있기를
바라는 마음을 구조적 은유로 표현하였다.

글에 있어서 독창성은 단어 선택에서부터 시작한다. 나타내
고자 하는 주제를 상징화할 수 있는 단어가 무엇인지 생각해보
고, 시인만의 은유적인 표현을 생각해보자.

## 겨울눈

장은하

눈부신 하얀 미소가
내 마음에 쌓인다.

너무나 반짝이는
그래서 만질 수 없는

그래서 만지고 싶은
그대여

'겨울눈', '하얀 미소'와 같은 단어와 '만질 수 없는', '그래서 만지고 싶은'이라는 상반된 의미의 문장으로 누구나 느낄 수 있는 겨울눈의 매력을 구조적 은유, 존재론적 은유로 표현하고 있다. 같은 대상을 표현하더라도 시인의 개인 상징을 드러낼 수 있는 단어를 선택하고 문장을 구성하는 것이 중요하다. 당신의 겨울눈은 어떤 의미인지 확대 정의해보자.

적용하기

1. 계절을 주제로 시의 상징성과 은유적 표현이 드러나게 시를 작성해
보세요.

글쓰기와 메타포

# 제4장

# 노래 가사와 은유적 표현

노래 가사는 시와 마찬가지로 작가만의 상징성이 은유적인 표현으로 전달되는 대표적인 글쓰기 유형이다. 서로 다른 생각과 가치관을 가지고 사는 사람들이라고 할지라도 같은 시공간 안에서 공유할 수 있는 가치는 대중이 즐기는 노래 가사나 시 등에 반영된다.

> 내 마음은 호수요
> 그대 노 저어 오오

김동명의 시[10]에 김동진이 곡을 붙인 가곡 〈내 마음은〉의 가

---

10  김동명, 「내 마음은」, 『조광』 3권 6호, 1937.

사의 일부이다. 〈내 마음은〉은 대중에게 너무나 잘 알려진 시이자 노래이다. '내 마음은 호수', '흰 그림자', '내 마음은 촛불', '비단 옷자락', '내 마음은 나그네', '내 마음은 낙엽'과 같은 문장 단위의 은유적 표현이 시인의 마음을 상징화하고 있다. 내 마음을 자신도 알 수 없는 경우가 많지만, 시인은 호수처럼, 촛불처럼, 나그네처럼, 그리고 낙엽처럼 그대의 곁을 맴돌고 싶은 마음을 프레임으로 구성하여 구조적 은유, 존재론적 은유로 표현하고 있다.

또 "나는 그대의 흰 그림자를 안고, 옥같이 그대의 뱃전에 부서지리다"와 같은 표현은 서사구조에 바탕하여 은유적 표현을 상징화하고 있다.

다른 예로 케이팝 노래 가사들을 분석해보고자 한다.

대부분의 대중가요가 사랑을 주제로 노래의 상징성을 변별화하지만, BTS의 노래 가사는 이 시대를 살아가는 청소년들이 공감하는 다양한 주제를 반영하여 프레임을 구성하고, 은유적 표현으로 상징화하고 있다. 그중 〈Tomorrow〉의 가사는 숫자와 영어, 한국어가 적절하게 상징화되어 표상화되고 있는 것이 다른 노래 가사와의 차별점이다.

"같은 날, 같은 달/24/7 매번 반복되는 매 순간"이나 "매일매

일이 Ctrl C, Ctrl V 반복되네” 등 숫자와 영어, 축약어가 제시되어 있는 이 노래 가사는 일상의 반복과 연속, 그 안에 내재되어 있는 지루함, 두려움이라는 개념 구조를 프레임으로 형성하여 구조적 은유로 표현하고 있다.

그리고 “니 꿈을 따라가 like breaker/부서진대도 oh better/니 꿈을 따라가 like breaker/무너진대도 oh 뒤로 달아나지 마 never”는 문법에 어긋난 문장구조이지만 한국어와 영어를 한 문장 안에 배치함으로써 가사의 운율을 살리고, 새로운 문체와 상징성을 드러내고 있다. 이때 중요한 역할을 하는 것이 은유적 표현이다.

또 “해가 뜨기 전 새벽이 가장 어두우니까/먼 훗날에 넌 지금의 널 절대로 잊지 마”라는 문장은 ‘어두운 새벽은 네가 밝은 아침을 맞이하기 위한 과정이다’라는 개념을 프레임으로 형성하여 구조적 은유로 표현한다. 이러한 주제를 전달하기 위한 근거 문장은 “문을 열어/닫기엔 많은 것들이 눈에 보여”, “이건 정지가 아닌/니 삶을 쉬어가는 잠시 동안의 일시 정지”, “니 자신을 재생해/모두 보란 듯이” 등이다. 이 문장들은 문장 단위의 은유적인 상징을 텍스트 단위로 확장시켜 주제를 전달하고 있다.

노래의 제목인 ‘Tomorrow’와 “너무 멀어지진 마 tomorrow”와 같은 표현에서는 'tomorrow'가 그냥 주어지는 내일이 아니라 각자 스스로 만들어가는 내일이라고 확대 정의하여 구조적 은유와 존재적 은유로 표현하고 있다. 어떠한 대상을 설명할 때 일반화시켜 서술하는 방식보다는 은유적으로 생각하고, 말하고, 표현할 때 글의 독창성을 잘 드러낼 수 있다. 왜냐하면 인간의 정신세계는 은유적 구조물로 구성되어 있으며, 더 나아가 그 구조물의 경계를 확장시키고, 축소시킬 수도 있기 때문이다.

또 BTS의 다른 노래인 〈134340⟨pluto⟩〉를 분석해보자. 제목을 보면 어떤 의미인지 잘 이해가 가지 않을 것이다. 이러한 은유적 표현은 독자의 호기심과 흥미를 유발할 수 있다. 이처럼 제목은 독자의 눈이 멈출 수 있고, 공감할 수 있는 주제를 프레임으로 구성하여 은유적으로 표현하는 것이 중요하다.

노래 제목의 숫자는 명왕성이 행성 지위를 상실한 다음 붙여진 소행성 식별번호이다. 이 숫자의 상징적 의미를 이해하면 독자는 노래의 주제를 전체 가사를 보지 않아도 유추할 수 있다. 2000년대 이후의 노래 제목은 대부분 한국어나 영어로 쓰여져 있지만, 이 곡의 제목은 숫자로 상징화되고 은유적으로 구조화되었다는 점에서 기존의 노래 제목과 차별화된다.

이제 가사를 살펴보자. "아직 난 널 돌고 변한 건 없지만/사랑에 이름이 없다면 모든 게 변한 거야", "나의 계절은 언제나 너였어/내 차가운 심장은 영하 248도/니가 날 지운 그날 멈췄어"와 같은 문장 단위의 은유적 표현, "무서울 정도로 똑같은 하루 속엔/딱 너만 없네", "난 맴돌고만 있어", "난 헛돌고만 있어" 같은 표현은 태양이라는 빛나는 존재와 명왕성이라는 이름 없는 존재를 나와 사랑하는 사람, 사랑하는 친구, 또는 자신이 추구하는 어떤 대상을 향한 열정에 빗대어 구조적 은유로 상징화시키고 있다. 그리고 각각의 대상을 존재론적 은유로 표현하고 있다. 이 노래를 듣는 청자는 자신의 상황에 맞게 확대 정의를 할 수 있는데, 이때 은유적 표현이 중요한 역할을 한다.

이번에는 〈봄날〉의 가사를 분석해보자. 이 역시 BTS의 노래이다. '봄날'을 주제로 한 영화나 드라마, 시는 많지만 이 곡에서 전달하고자 하는 봄날의 변별적인 의미는 무엇이고, 그것이 가사에 어떻게 반영되고 있을까?

이 노래도 가사 전체의 전개 방식을 살펴볼 때 단어 하나하나가 가진 상징성보다는 문장과 텍스트의 상징성을 통해 작가가 나타내고자 하는 바를 구조적 은유로 표현하고 있다. 노래의 주제는 '추운 겨울 끝을 지나 다시 봄날이 올 때까지 누군가를 보고 싶어 하는 마음'으로 파악된다. 보고 싶은 대상이 누구인지는 듣는 이가 다양하게 해석하며 확대 정의할 수 있다.

"여긴 온통 겨울뿐이야", "8월에도 겨울이 와"와 같은 표현은 '겨울'이라는 단어가 가진 상징성이 계절에 국한되지 않는다는 것을 암묵적으로 알려준다. "마음은 시간을 달려가네", "홀로 남은 설국열차"와 같은 문장 단위의 은유적 표현과 "그리움들이 얼마나 눈처럼 내려야 그 봄날이 올까", "얼마나 기다려야 또 몇 밤을 더 새워야 널 보게 될까 만나게 될까"와 표현은 서사 구조에 바탕하여 간절히 '봄날'을 기다리는 마음을 구조적 은유로 표현하고 있다.

이 노래에서의 봄날은 '춥고 견디기 힘든 겨울을 지나 꽃을 피우듯, 사랑하는 친구들과 가족들과 연인을 다시 만나게 될 날'을 의미하는 것으로 보인다. 독자 개개인이 봄날을 표현한다면 어떠한 방식으로 확대 정의하고, 은유적으로 표현할 수 있을지 생각해보자.

다음으로 BTS의 〈FAKE LOVE〉 가사를 분석해보자. 〈FAKE LOVE〉는 BTS의 대표곡으로 잘 알려져 있다. 제목이 노래의 전체 주제를 암시한다면, 가짜 사랑이라는 'FAKE LOVE'가 암시하는 주제는 무엇일까? 듣는 이는 'FAKE'라는 단어를 어떻게 확대 정의해서 이해할 수 있을까?

"슬퍼도 기쁜 척할 수가 있었어", "아파도 강한 척할 수가 있었어"와 같은 표현과 "사랑이 사랑만으로 완벽하길/내 모든 약점들은 다 숨겨지길", "이뤄지지 않는 꿈속에서 피울 수 없는 꽃을 키웠어"와 같은 문장 단위의 은유적 표현에서 이 노래가 전달하고자 하는 사랑의 의미를 유추할 수 있다. 즉, '나의 본모습을 숨기고 너를 위해 나는 존재한다'는 의미로 'FAKE LOVE'를 상징화하고 확대 정의하는 것이다.

"사랑이 사랑만으로 완벽하길" 바라는 노랫말은 '가짜이면서도 진짜이고 진짜이면서도 가짜인 나만의 사랑'이라는 프레임을 구성하여 구조적 은유로 메시지를 전달하고 있다. '예쁜 거짓', '너의 인형'과 같은 은유적 표현도 노래 전체의 주제를 더 차별화시킬 수 있는 존재론적 은유이다,

이 노래 가사의 독창성은 'FAKE'에 초점을 맞추어 사랑의 의미를 중의적으로 확대시켰다는 점에 있으며, 이때 중요한 역할을 하는 것이 은유적 표현이다.

1. 나타내고자 하는 주제에 맞게 제목을 정하고 노래 가사를 써보세요.

# 제5장

# 기사문과 은유적 표현

    기사문은 어떠한 상황과 사실에 대해 기자가 전달하고자 하는 내용에 초점을 맞추고 서술하는 글쓰기 유형이다. 이때 기사문의 제목은 글의 주제를 드러낼 수 있는 중요한 부분이다. 그래서 제목을 정할 때는 전달하고자 하는 내용에 맞게 프레임을 구성하고 은유적으로 표현할 수 있어야 한다. 구체적인 예를 살펴보면 다음과 같다.

스크린골프 '즐거운 비명' … 코로나19 반사이익에
골프존 실적 · 주가 굿샷[11]

코로나19로 인하여 매출과 영업이익이 증가하고, 주식이 상
승한 골프 업소의 상황을 은유적으로 표현한 기사 제목이다.
스크린 골프장은 밀폐된 공간이라 코로나19에 따른 사회적 거
리두기로 타격을 입을 것이라고 예상했는데, 의외로 영업 실적
이 상승했다는 내용의 기사를 쓰면서 "즐거운 비명" "주가 굿
샷"과 같은 은유적 표현을 활용한 제목을 정한 것이다.

예를 들어 "코로나19에도 불구하고 골프존 실적 대폭 상승"
이라고 평범한 제목을 붙일 수도 있었을 것이다. 그러나 기사
가 독자의 시선을 끌기 위해서는 제목부터 독자가 글의 주제를
쉽게 이해하고 흥미를 가질 수 있도록 정해야 한다. "즐거운 비

---

11 『매일경제』, 2021.4.12.

명"은 존재론적 은유이며, "주가 굿샷"은 주가를 골프 용어로 표현한 구조적 은유이다.

이처럼 우리의 사고와 인지 과정은 은유적으로 이해하고, 은유적으로 표현하면서 살아가고 있다.

### 맞춤 식단처럼… 금융사에 데이터 정기배송[12]

일반인에게는 다소 생소한 기업에 대해 소개하는 기사이다. 금융사들이 고객의 필요에 맞추어 통합 계좌 조회 서비스, 대출 추천 서비스 등 고객 맞춤형 금융 서비스를 개발하는 이면에는 그를 위한 빅데이터를 가공하여 금융사에게 제공하는 기업이 있다. 전문가들 사이에서는 잘 알려져 있지만 일반인에게는 아무래도 낯설 수밖에 없는 개념들을 쉽게 이해시키기 위해

---

12 『매경이코노미』 2105호, 2021.4.21.

기자는 "맞춤 식단", "데이터 정기배송"과 같은 구조적 은유를 선택했다. 하나의 개념을 다른 인지적 구조물에 빗대어 설명한다는 점에서 독자의 흥미를 유발할 수 있으며, 글쓴이만의 관점과 글의 독창성을 드러나게 할 수 있다. 설명을 필요로 하는 글쓰기에서도 일반화시켜 서술하기보다는 은유적 표현을 통해 쉽게 이해시키는 것이 독자 중심의 관점에서 중요한 부분이다.

### 가슴 설레야 화끈하게 쓴다. '팬덤의 경제학' [13]

이 기사 제목에서는 '팬덤의 경제학'이라는 은유적 표현이 눈길을 끈다. BTS의 소속사 빅히트엔터테인먼트가 주식시장에 상장되면서 대표가 국내 주식 부호 6위에 진입했다는 내용의 기사이다. 그 근거로 든 것이 "1억 명이 넘는 한류 팬"과 "아미

---

13 『매경이코노미』 제2096호, 2021.2.17.

(ARMY)"라는 이름의 BTS 팬클럽이다. 경제 분야의 이슈를 팬덤이라는 의식적 구조물을 통해 설명하면서 구조적 은유의 표현으로 기사 제목을 정한 것이다.

한국 경제의 문제점과 해결 방안을 제시하기 위해서는 새로운 방법론이 필요하다. 한국 경제의 특수성에 대한 이해를 바탕으로 경제 문제를 인식하고 그 해결 방법의 모색하는 것이 경제 분야 언론의 역할이다. 이러한 때에 이 기사는 독자들에게 경제학의 새로운 해법을 제시하고 있다.

같은 사실을 가지고도 여러 가지 내용의 기사를 쓸 수 있고, 똑같은 기사에도 여러 가지 제목이 정해질 수 있다. 어떤 제목이 독자의 흥미를 끌어들일 수 있을지 고민된다면 은유적 표현의 역할에 관심을 가져야 할 것이다.

〈자산어보〉, '정약용' 대신 '정약전' …
영리한 선택 빛났다[14]

　이준익 감독의 영화를 소개하는 이 기사는 제목의 구조적 은유, 존재론적 은유 표현을 통해 영화의 주제를 보여주고 있다. 기사를 다 읽지 않더라도 영화를 본 것처럼 쉽게 이해되는 제목이다.

　역사적 인물로서는 정약전보다 그의 동생 정약용이 더 유명하다. 그러나 영화 〈자산어보〉는 다산 정약용이 아닌 그의 형 정약전을 주인공으로 내세웠다. 정약용은 정조시대의 대표적 학자로서, 기존에 정약용을 다룬 드라마나 영화, 책은 많다. 하지만 정약용의 형 정약전을 다룬 영화와 드라마는 없었다. 그런 상황에서 '정약용' 대신 '정약전'을 선택한 것이 영리했다는

---

14 『매경이코노미』 제2103호, 2021.4.7.

기사의 제목은 독자로 하여금 이 영화에 대한 흥미를 갖게 한다.

독창적인 글은 모든 사람이 똑같이 보는 관점에서 탈피하여 나만의 관점으로 대상을 바라보고, 그에 따라 프레임을 구성하며, 은유적으로 표현할 때 드러난다.

**중국산 미역 혼입 의혹 오뚜기, 흔들리는 갓뚜기 신화[15]**

구조적 은유로 표현된 기사 제목을 보면 해당 기업에 어떠한 문제점이 있었는지 쉽게 파악할 수 있다. 기사의 내용은 오뚜기의 한 하청업체가 원산지 표기 위반, 밀수 등의 혐의로 검찰에 넘겨진다는 것이다. 제목을 '오뚜기, 중국사 미역 혼입으로 이미지 실추'라고 설명식으로 붙이는 것보다는 '흔들리는 갓뚜

---

15 『매경이코노미』 제2100호, 2021.3.17.

기 신화'라는 은유적 표현을 활용하여 차별화한 것이 독자의 흥미를 이끌어들인다.

글은 우리 삶의 일부분이며, 글을 통해 자기 자신을 온전히 드러낼 수 있고, 빛나게 할 수 있다. 또 글을 쓰는 과정은 자신을 다듬어가고 표현하는 과정이기도 하다. 글쓴이의 생각을 구조화하여 은유적으로 상징화시킬 수 있다면 자기 자신에게도, 독자에게도 그 글은 더 매력적으로 다가갈 수 있을 것이다.

적용하기

1. 최근 관심을 가진 사건을 하나 선택하여 기사문을 작성해보고, 은유적 표현으로 제목을 붙여보세요.

글쓰기와 메타포